무기력한 이유

지쳤거나
좋아하는 게 없거나

지쳤거나 좋아하는 게 없거나

글배우 지음

살다 보면 누구나
지치거나 좋아하는 게 없는 순간을 만나게 됩니다.
그 순간 삶에서 가장 무기력해집니다.

무기력해진 나를 자책하지 마세요.

지친 이유도 좋아하는 게 없는 이유도
내 탓이 아닙니다.

나는 그냥 늘 잘하고 싶었을 뿐입니다.

그러다 보니 지쳤고
그러다 보니 내가 무엇을 좋아하는지 잊어버렸는지 모릅니다.

잘하는 것만 신경 쓰느라
살아 내는 것만 생각 하느라

이 책을 읽는 동안만이라도
지쳤다면 지친 마음의 쉼을 얻고

내가 좋아하는 걸 생각해 볼 수 있는 시간을 갖고
혼자의 시간이 필요하다면
혼자가 될 수 있는 용기를 가질 수 있었으면 좋겠습니다.

그리고 막막하고 정말 힘든 상황을 만났다면
이 책에 담긴 저의 간절했던 사연이
위로가 되길 바랍니다.

오늘 밤 지쳤거나
좋아하는 게 없는 당신에게.

오늘도 잘하고 싶은 마음 하나로
긴 하루를 버티느라 고생 하셨습니다.

차례

일러두기

저자 고유의 글맛을 살리기 위해 어법은 저자 고유의 스타일을 따릅니다.

1부

넘어지고 일어서기를 반복하겠지만
당신은 많은 것을 해낼 것입니다

혼자는 외롭고
함께는 어렵다.
불안한 시간은 차갑고
온기를 만나면 금세 녹는다.
모든 걸 알아도
만나지 않으면 다 알 수 없다.
절망을 만나도 희망이 있고
아픔을 만나도 좋은 행복이
당신을 기다린다.

잠시 눈을 감고
좋은 날이 올 거라 믿자.

상처

지나치게 밝거나
지나치게 자신에게 엄격하거나
지나치게 잘해야 한다고 생각하거나
지나치게 눈치를 보거나
지나치게 잘 참거나
지나치게 감정기복이 심한 사람은
상처가 많은 사람입니다.

어린아이였을 때부터
어른처럼 스스로 많은 것을 해내야 하는 환경이었고
그래서 실수하면 안 되기에
잘하려는 마음이 지나치게 강해 스스로 힘든 것입니다.
상처가 많은 사람입니다.

따뜻한 사람을 만나
"애쓰지 않아도 돼. 그냥 너답게 편하게 있어도 돼"

라는 말을 듣는다면, 그 사람은 눈물이 날지 모릅니다.

"너답게 편하게 있어도 돼."

힘들 때 떠올리면 좋은 3가지

당신은 지금 정말 힘든 이 순간을
포기하지 않고 잘 버텨내고 있다는 것과

지금처럼 버티다 보면 이 순간이
어느새 다 지나가 있을 거라는 것.

그리고 당신은 당신이 생각하는 것보다
훨씬 강하다는 것.

8개월 만에 8천만 원을 벌었던 일

스물다섯 살에 3천만 원의 빚을 지게 되었다.
의류 사업을 하다 생긴 빚이었고
당시 너무 큰돈이었다.

부모님께 말씀드려도 해결될 순 없었지만
말하는 순간 내 꿈이고 뭐고 간에
당장 집으로 끌려 들어가
부모님이 원하는 삶을 살 게 뻔했다.

그래서 주위에 아무에게도 알리지 않고
전 재산이었던 34만 원을 가지고 서울로 올라왔다.
서울에 가면 돈을 벌만한 일이 있지 않을까 하는
막연한 생각이었다.

우선 방을 구해야 했지만 34만 원으로 얻을 수 있는 방은 없었다.
이튿날 비가 엄청 많이 와서

우산을 쓰고 캐리어를 끌고 다니며 방을 구했다.

주로 고시원을 보았는데
아무리 싼 곳도 35만 원이 넘는 곳이었다.

방을 12개 정도 봤을 때쯤
배는 너무 고프고 비마저 쫄딱 맞고 나니
'지금이라도 집에 들어가 도움을 청하는 게 현실적이지
않을까' 란 생각이 들었다.

그러나 그랬다가는 다시는 내가 좋아하는 꿈을 좇거나
절대 하고 싶은 걸 하며 살 수는 없겠다는 생각이 들었다.
도움을 받는 순간부터 진정한 의미의 독립이 아니니까.

그리고
아르바이트해서 모은 돈으로 의류사업을 한다고 했을 때
주변에서 반대했던 게 생각이 나서

이대로는 돌아가고 싶지 않았다.
당당히 나름의 성공을 이루고 돌아가고 싶었다.

그렇게 찜질방에서 자며
3일째에 방을 구했다.

한 달에 24만 원짜리 고시원 방이었다.
실제론 방이 아니라 고시원에서 쓰는 창고 방이어서
고시원에 있는 인터넷 전선이 다 들어와 있었고
예전에 쓰던 신발장까지 들어와 있어서
다른 방에 비해 훨씬 좁았지만
그래도 방을 구한 게 다행이란 생각이 들었다.

우선 짐을 풀고 청소를 한 뒤 밥을 먹었다.
고시원에서 무료로 제공되는 밥과 김치가 있었다.
저렴한 곳이어서 그런지
맛은 둘째 치고 위생이 너무 안 좋았다.

지금 생각해보면 그곳에서 지내는 동안
방보다 밥을 먹는 게 더 곤혹이었던 것 같다.

그래도 '공짜가 어디냐' 라는 생각이 들었다.

고시원에는 옥상도 있었는데
옥상이 마음에 들었다.
옥상에서 내려다보는 서울 시내가 정말 멋있었다.

아주 높은 건물과 빌딩이 있었는데
저런 곳에 사는 사람들은
어떤 음식을 먹고 어떤 삶을 살까 라는 생각을 하곤 했다.
'지금의 나와는 너무나 다른 삶' 이라는 생각이 들었다.
꼭 거기는 천국 같고
여기는 지옥 같았다.

그래도 옥상에 올라가면

선선한 바람이 불고 야경을 볼 수 있어서
천국과 지옥의 중간 정도란 생각이 들었다.
야경이 지금도 기억에 남아 그곳을 종종 찾는다.

어쨌든 당장 3천만 원의 빚을 어떻게 갚을지….
목표한 시간은 8개월.
8개월 안에 빚을 갚고 내려 갈 수 있을까.

우선 택배 상하차 일을 시작했다.

그렇게 며칠이 지나
몸이 힘든 건 둘째 치고
이렇게 모아서는 서울에 온 큰 의미가 없다는 생각이 들었다.
다른 일이 없을까 계속 찾던 중에

정말 우연히
길에서 찹쌀떡을 파는 할아버지를 보았다.

처음에는 그저 근처에서 떡을 파는 할아버지라고 생각했는데
며칠 동안 지켜보니
늘 할아버지가 가는 곳에는 사람이 많았고 줄도 길었다.
한 달 동안 열 번도 넘게 마주쳤는데
돈이 될 것 같다는 생각이 들어 며칠을 쫓아다니며
할아버지께 내 사정을 얘기하고
간신히 얘기를 들을 수 있었다.

결론은 이랬다.
천 원에 찹쌀떡을 떼서 3천 원에 팔면 되는 것이라고 했다.
자신은 20년째 여기서 일하고 공장도 가지고 있으며
월수입이 한 달에 천만 원이 넘는다는 것이었다.
처음에는 거짓말인가 싶었지만 팔리는 개수를 보면
충분히 그럴 수 있다는 생각이 들어서
무엇에 홀린 듯이 1주일 내내 쫓아다니며
할아버지의 이야기를 들었다.
할아버지는 아침 일찍 출근하는 역에서,

점심 길에서, 퇴근길에서,
새벽길에서, 때론 식당에서 밥을 먹으면서도
어디에 사람이 가장 많고
어디에서 어떤 사람들이 가장 잘 사 먹고
어떻게 팔아야 가장 잘 팔리고
어떤 말을 해야
사람들이 가장 잘 사는지 생각하며 살다 보니
20년이 지난 지금 알게 되었다고 한다.

천 원에 가져와서 3천 원에 팔면 2천 원이 남으니
하루에 100개를 팔면 이십만 원이란 계산이 나왔다.
파는 걸 보니 쉬워 보였다.
한 번에 2개씩 사는 사람도 있었고
식당이나 술집에서 여러 개를 사거나
한 번에 사람들이 네다섯 명씩 금세 몰려오기도 했다.
무작정 10만 원어치 떡을 사서
다음 날부터 팔기 위해 길거리에 나섰다.

그러나 그날 하나도 팔지 못했고
사실 너무 창피해 한 마디도 못했다.

그다음 날도 한 개도 못 팔았다.

그다음 날도
그다음 날도

계속 이러면 안 될 것 같아서
사람들에게 다가가 말을 걸고 팔기 시작했다.
그러나 하루에 한 개 팔기도 어려웠다.

너무 창피했지만 고집이 생겨 더 열심히 했다.
하루에 14시간 이상 걸은 적도 많았다.
밥 먹다가도 팔고 식당에 들어가서 팔기도 했지만
아무도 쉽게 사주지는 않았다.

그렇게 시간이 한 달 정도 지났고
그나마 가진 돈도 거의 바닥이 나자
조바심이 났고 너무 불안했다.
무엇보다 정말 간절했다.
당장 돈이 없기도 하고
빚을 갚지 못한 채 서울에서 시간만 허비하고
내려간다는 건 더욱더 무서웠다.

혼자 창고 같은 방에 매일 갇혀 있는 것 같아서
점점 우울해졌다.
번듯한 회사에 출근하는 사람들과 비교되었고
꼭 나만 갈 길을 잃은 사람 같았다.

이때 처음으로 죽고 싶다는 생각을 한 것 같다.
스스로 그렇게 밉고 못나 보일 수가 없었다.

사람이 힘들 때는 열심히 해도 잘 안 될 때 그만큼 억울하며,

억울한 만큼 삶의 의욕을 잃어버린다고 하는데
그때의 내가 딱 그런 시간이 찾아온 것 같다.

매일
매일
자책만 하다
그러다
죽을 용기로 차라리 한 번 더 해보자는 생각이 들었다.

당시 내가 지낸 곳은 서울역 근처였는데
근처에서 제일 높은 빌딩으로 찾아가
그곳에 출근하는 사람들이 모두 내 손님이라고 생각했고
떡을 사라고 말하지 않고
그들을 '응원해야겠다' 라고 생각했다.
매일 새벽 6시쯤 나가 8시 30분까지 빌딩 앞에서
돗자리를 깔고 큰절을 하며 이렇게 외쳤다.

"오늘 하루도 모두 파이팅 하십시오!"
"오늘 하루도 모두 파이팅 하십시오!"
"오늘 하루도 모두 파이팅 하십시오!"

처음 돗자리를 깔고 절을 할 땐 정말 죽고 싶었다.

그러나 죽을 용기로 해보자는 생각에 더 크게 외쳤다.
무서웠고 두려웠다.
2시간 동안의 절이 끝나면 다리가 계속 떨려 왔다.
그리고 오전 11시부터 1시까지는
내가 왜 이런 행동을 하는지 적은 전단을 만들어
원하는 사람에게만 나누어주었다.

전단지에는
'나는 우리나라 최고의 의류사업가가 될 사람이고
얼마 전 사업 실패를 겪었지만 다시 사업 준비를 하기 위해
지금 이렇게 떡을 팔고 있다.' 라는 내용을 적었다.

그리고 퇴근 시간인 오후 4시부터 8시까지
다시 돗자리를 펴고 큰 절을 했다.

"오늘 하루도 모두 수고하셨습니다!"
"오늘 하루도 모두 수고하셨습니다!"
"오늘 하루도 모두 수고하셨습니다!"

그렇게 매일 같은 시간에 같은 자리로
하루도 빠지지 않고 나갔다.
그렇게 하루 이틀이 지났고
그러나 한 달이 지나도록 5개도 팔지 못했다.
너무 간절했고 안 되면 죽는다는 생각으로
계속 그 자리에서 떡을 팔았다.
3개월 지나자 4만 원어치를 팔았고
그 외에는 더 이상 판 게 없었다.
그때의 나는 무모했고 두려웠고 외로웠고 슬펐지만
끝까지 가보고 싶었다.

할 수 있는 데까지.

남들이 만들어 놓은 선이 아닌
내가 정말 할 수 있는 노력의 선 끝까지
어떤 후회도 남지 않게.

고시원 방에서 거의 매일 울었다.
그래도 여기서 포기한다면
그동안 노력한 시간이
전부 아무 의미 없다는 생각에 이를 악물었다.

정말 간절했다.
비가 와도 우산을 쓰고 나갔다.
8개월이 되던 어느 날
정장을 입은 젊은 사람이 내게 다가와 이렇게 말했다.
"잠시 시간을 내주시겠습니까.
저희 대표님이 보고 싶어 하십니다."

무슨 일인지 영문을 몰랐고 전혀 관심이 가지 않았다.

나에게는 그런 곳에 시간을 낭비 할 여력이 없었다.

거절했으나 정중히 3번 정도 찾아와 부탁했다.

그는 내가 절하고 있는 빌딩의 회장님 비서였다.

몇 개의 직원 카드를 찍고 들어가야 하는 곳을

따라 들어갔고

하얀 머리에 딱 봐도 돈이 엄청 많아 보이는 사람이 있었다.

그리고 나를 보자마자 이렇게 말했다.

"내가 지금 당신의 시간을 뺏었으니 당신의 시간을 갚겠다."

회장님은 구두를 벗고 운동화로 갈아 신고는

떡 상자를 드시더니

"내가 직원들에게 돌아다니면서 떡을 팔 테니

대신 1시간만 시간을 내어 영상 하나를 보아 달라" 라고

부탁하셨다.

그리고는 회장님은 정말 운동화로 갈아 신고

떡을 팔러 빌딩을 돌아 다녔다.

영상은 어떤 젊은 사람이 영업을 해서

세계 최고의 영업이익을 올린다는 내용이었다.
큰돈을 벌고 성공하는 내용이었다.
영상이 끝나자 회장님이 돌아오셨고,
개인 명함을 주시면서 나와 같이 일하고 싶다고 하셨다.
대학 졸업장도 학력도 없어도 된다고.

그리고 한참 뒤에 이렇게 다시 말씀하셨다.

"요즘 젊은 사람들은 진짜 멋있는 게 뭔지 몰라요.
좋은 구두와 좋은 정장을 입는 게, 좋은 차를 타는 게
멋있는 건지 알아요.
당신은 내가 본 젊은 사람 중에 제일 멋있는 것 같아요."

8개월 동안 지켜보았다고 하셨다.
처음에는 남의 건물 앞에서 절을 계속 하길래
정신 나간 사람 같아 쫓아내려 했지만
직원이 가져온 전단을 보고 왜 그렇게 하는지 알게 되었고

처음에는 '며칠하다 말겠지' 하며 재미있어서 그냥 두었다고.
그러나 정말 단 하루도 빠지지 않고 절을 하고
출퇴근 하는 사람들을 응원하는 모습을 보며
어느 날 자신의 마음이 움직이는 걸 느끼고
대단하다는 생각이 들기 시작했다고 했다.

한 달이면 그만두겠지
두 달이면 그만두겠지
비가 오면 그만두겠지
바람이 많이 불면 그만두겠지

그러나 8개월 간 하루도 빠지지 않고 절을 하는 모습에
왜 그렇게 하는지 꼭 자세히 듣고 싶었다고 했다.
그리고 나는 내가 왜 그렇게 했는지 그동안의 이야기를 했고
회장님은 여러 가지 말씀을 하셨는데
사실 너무 오래 전이라 모두 기억나지는 않지만
가장 기억에 남는 말이 있다.

"원래 죽자고 그만큼 노력하면 살게 되더라고요."
나는 당시 의류사업을 다시 하고 싶어서
이 시간을 보낸 것이었으므로
제안을 정중히 거절한 뒤
나올 때 회장님의 명함을 돌려드리고
종이로 만든 내 싸구려 명함을 드리며 이렇게 말씀드렸다.
"언제든 회사에 떡이 필요하면 꼭 연락 주세요."
걸어 나오면서 눈물이 엄청 났다.

그 전에 고시원에서 흘린 눈물과는 달랐다.
외롭고 불쌍해서가 아니라

먼저 그렇게 살아서 성공한 누군가가
나 자신에게
인생을 엄청 멋지게 잘 살고 있다고
그 방식이 옳다고 응원해주는 것 같았다.
내가 옳다고 이렇게 하면 되는 거라고.

그리고 한 달이 지났고
모르는 번호로 전화가 왔다.
회사 전체 납품으로 대량의 떡이 필요하다며
수량을 맞춰 줄 수 있냐는 연락이었다.
8천만 원 어치를 납품하고 팔게 되었다.
아마도 회장님이 구매해준 게 아닐까 생각한다.
빚을 갚았고 꿈같은 시간을 보냈다.

그 후로 나는 다시 의류사업에 도전했고
결국은 실패했다.
앞으로도 실패하는 순간들이 많겠지만
실패를 어떻게 극복하고 이겨내는지를 배운 것 같다.

내가 앞으로 어떻게 살아야 할지
어떤 방식과 각오로 살아야 할지 알게 되었다.

나의 간절함을 믿게 되었다.

실패할 수도 있지만
실패를 넘어서고 이겨낼 거라고
나 자신을 믿게 되었다.
간절함을 믿게 되었다.

이 글을 읽는 당신이
어떤 간절한 상황이라면 포기하지 말고
당신의 간절함을 믿을 수 있었으면 좋겠다.

그리고 당신이 목표를 이루고 싶다면
간절해져야 한다.
간절하지 않은 사람은 간절한 사람을 이길 수 없다.

그리고 삶에서는 누구나 간절한 순간이 찾아오는데
그것을 이루기 위해서는 끝까지 자신을 믿어야 한다.

당신이 당신을 믿고

당신의 간절함을 스스로 응원하며
외롭고 두렵기도 할 테고
당신의 어려움에 눈물이 나기도 하겠지만

그 모든 것이 시간이 지나
기쁨의 눈물로 바뀔 수 있게
오늘의 시련에 결코 지지 않고 멋지게
내일도 한 걸음 한 걸음 나아갈 수 있기를 응원한다.

당신과 나는 꽃을 피울 수 있다.
나만의 멋진 삶의 시간이 담긴 꽃을.

<지쳤거나 좋아하는 게 없거나> 도서가 출간된 후
2년이 지나 새롭게 추가된 글입니다.

<8개월 만에 8천만 원을 벌었던 일> 을 읽고
많은 분이 용기와 위로를 받았다며
메시지를 보내주셨다.

하지만 그 끝이 아쉽다는 이야기도 많았다.

자신을 극복한 노력 자체는 멋진 일이지만
의류사업이 결국에는 실패하며
아무리 노력해도 노력만으로 꿈을 이루거나
현실의 벽을 넘을 수 없다는 사실이 아쉽다고 했다.

그래서 그 후의 이야기를 조금 더 담아 볼까 한다.

의류사업이 실패하고 몸과 마음이 함께 무너졌다.

모든 시간을 걸고 열심히 노력한 것보다 더 힘든 건
노력한 뒤 아무것도 남지 않은 시간이었다.

받아들이기 싫은 시간을 받아들여야 하는 건
받아들이는 내내 마음을 괴롭게 한다.

그동안 간절했던 노력의 대가는
나를 늦은 사람으로 만들었고
경제적으로 힘들며
아무것도 보이지 않는 어둠에 갇힌
기분이 들게 했다.

그렇게 하루하루 살아갔다.
달라진 점이 있다면 다시는 꿈을 갖거나
목표를 갖는 일은 결코 하고 싶지 않았다.
아무것도 도전하지 않기로 다짐했다.

어차피 열심히 해도 안 될 테니까
최대한 웅크린 채 아무도 나에게 다가오지 않고
나도 아무에게도 다가가지 않으며
행복을 잠시 잊기로 했다.

늘 지나온 시간이 후회되었다.
어디든 취업해 돈을 모았다면
주위 사람들에게 조금은 더 당당하고
현재가 달라졌을까 하는 생각이 들었다.

그렇게 시간이 한참 흐른 후

답답한 마음을 털어놓을 곳이 없어
메모장과 종이에 끄적이며 글을 적는 것이
습관이 되었다.

잠시지만 마음이 편했다.

나중에 글쓰기 공모전이 있다는 걸 알게 되고
써 놓은 글을 공모하게 되었다.

물론 떨어졌고, 그 후로도 아르바이트를 하며
공모전에 계속 도전하였다.

그러다 보니 어느새
또 다른 꿈을 꾸고 있었다.

막연하게 글을 쓰는 일이 하고 싶어졌다.

1년 동안 수십 번의 공모전에 떨어졌고

단 하나의 글이 공모되었다.
'인생은 한 번이지만 행복은 셀 수 없기를'

그 후로 내 글을 알리기 위해

인터넷에 글을 올렸다.
그렇게 운 좋게 작은 시집을 낼 수 있었고
생계를 겨우 유지하게 되고
책을 낸 후 강의가 들어오면서
강의를 시작하게 되었다.

난생처음 해보는 강의를 잘할 일도 만무했고
막상 어떤 이야기를 해야 할지
어떤 모습이 돼야 할지 고민하며
그렇게 몇 년간 또다시 시행착오를 겪어야 했다.

매 순간 절을 했던 간절함을 생각하며 살았다.
그 간절함이 비록 내게 많은 실패를 가져다주고
많은 포기를 가져다주며
내가 원하는 삶이 어렵다는 걸 깨닫게 해주었지만
반대로 원하는 것을 이루기 위해서는
얼마나 마음을 단단하게 가져야 하는지 알게 해주었다.

조금씩 경제적 어려움에서 벗어나

계속 글을 쓰고 책을 낼 수 있었다.

몇 번의 계절이 바뀌고

작은 상담소와 작은 출판사를 차렸다.

그리고 이 책을 쓴 2019년 11월 기준
<지쳤거나 좋아하는 게 없거나> 도서는
전국 4대 서점 종합 1위 베스트셀러 기염을
토해냈다.

기적이 일어났다.

그 후로 가끔 생각한다.

나의 지난 시간은 어쩌면
현재의 더 단단한 모습을 만들기 위해
꼭 지나야 하는 시간이 아니었을까.

만약 의류사업을 실패한 채 계속 멈춰 있었다면
시간이 지나

간절히 도전했던 삶에 후회했을까.
앞으로 도전하지 않은 삶에 후회했을까.

어쩌면 나는 실패한 게 아니라
아무도 알려주지 않는
나의 길을 계속 찾아가고 있던 게 아닐까.

여러 개의 실패가 모여
하나의 성공을 만든다.

수많은 실패가
수많은 포기가
수많은 좌절이
수많은 실수가
수많은 후회가
하나의 기적의 순간을 만들었다.

사실 잘 모르겠다.
이 글이 8개월 만에 8천만 원을 벌었던 일의
해피엔딩인지.

어차피 인생은 계속되기에
계속해서 길을 만들어야 하고
어려움은 따라올 테고
또다시 좌절이 오기도 하며
알 수 없는 구렁에 빠지기도 할 테니까.

그래도 마지막이라 생각되는 순간에
나를 믿어 준다면, 다시 시작할 수 있다면
실패는 성장이 되고
다시 성공을 이어 갈 수 있지 않을까.

열심히 노력하고 있다면
당신은 지금 어떤 모습일까

힘들어하고 있다면
당신은 지금 어떤 모습일까

방황하고 있다면
당신은 지금 어떤 모습일까

전부를 알 수 없지만
성공과 실패에 상관없이
당신이 노력한 시간을 존경한다.

당신이 당신을 끝까지 포기하지 않고
밤하늘에 반짝이는 별과 같은 이야기들을
마음에 담아갈 수 있다면
그 별들이 가장 어두운 순간에
당신의 마음을 비춰 다시 일으켜 줄 거라 믿는다.

매일 밤 바랐던 나의 소원이 이루어지길

기적이 일어나라
간절한 나의 마음이 담긴 만큼

혼자의 시간을 잘 보내는 방법

2년간 혼자의 시간을 보낸 적이 있다.
혼자의 시간을 보내고 싶어서 보냈다기 보다는

더 이상 누구도 만나기 싫었고
더 이상 무언가를 열심히 할 의욕도 나지 않았으며
누군가를 신경 쓰거나
사람들에게 노력하고 싶지 않았다.

고시원 방을 구하고 아르바이트를 했다.

20대 후반의 나이였고
사회의 시선에서는
경쟁에서 뒤처진 사람처럼 보였을지 모른다.

스펙도 없고 대학도 다니지 않으며
취업 준비도 없이 사람도 만나지 않고

적은 돈을 벌며 고시원에서 혼자 지냈다.

도망치듯 지쳐서 그랬지만
아무도 그런 부분을 이해해주지는 않았다.
늦었다는 말과 안정적인 걸 해야 한다는 말만
되풀이 할 뿐이었다.

그 마저도 싫어서
모든 단체 카카오톡에 "혼자만의 시간이 필요합니다.
충분히 생각을 정리한 뒤 꼭 다시 찾아가겠습니다" 라고 남겼다.

하루 일과는 단순했다.

아침에 일어나 산책을 하고
오후에는 도서관에서 좋아하는 책을 보거나
그냥 잠을 자거나 글을 썼다.

걷는 걸 좋아해 아주 멀리 산책을 하고
저녁에는 아르바이트를 하고
돈이 생기면 맛있는 걸 먹거나
좋아하는 걸 하는 데 돈을 썼다.
요리도 하고 여행도 가끔 갔다.

물론 처음에는 사회의 경쟁에서 뒤처지고
못난 사람이 된 것 같은 생각부터
온갖 불안한 생각이 들었지만

처음으로
온전히 혼자 있는 시간을 갖게 되었고
그 시간을 잘 보내기로 마음먹었다.

나는 우선 그렇게 쉬었다.

그렇게 몇 개월이 지나고

쉬고 싶은 마음이 채워지니
자연스레 힘이 생겼고

무언가를 다시 해보고 싶다는 생각이 들었다.
그리고 시간이 많으니 찾아봤다.

찾은 것이 글쓰기였고 지금은 작가가 되었지만
처음에는 카피라이터가 되고 싶었다.

그리고 혼자 있는 시간을 최대한 활용해
내 꿈에 집중했다.

혼자가 되니
나에게 오롯이 많은 집중을 할 수 있었고
충분히 재충전을 할 수 있었으며
아주 가끔, 일 년에 두세 번 정도는 친구도 만났다.

누가 시키는 일, 해야 될 일에
급급히 하루를 보내고 잠드는 게 아니라
앞으로 살아갈 방향에 대해
많은 생각을 깊게 할 수 있었다.

나는 그렇게 오롯이 혼자 2년의 시간을 보냈다.
2년이라는 혼자의 시간은
나에게 재충전할 수 있는 시간과
미래에 해야 할 일을 찾고
찾은 일에 온전히 집중할 수 있는 기회를 주었다.
당신도 너무 지쳤거나
자신을 잃어버린 느낌이 들거나
자신이 해야 될 일을 찾고 싶거나
아니면 꼭 이루고 싶은 일이 있다면

철저히 혼자가 되어
집중 할 수 있는 시간을 가져보길 추천한다.

물론 불안하고 때론 고독하기도 하겠지만
불안하고 고독하면 안 된다고 생각하면서
혼자 있는 시간을 불안한 채로 다 써버리지 않고
잘 보내게 된다면
혼자 있는 시간은
당신에게 많은 선물을 줄 거라 믿는다.
당신의 삶에서
당신이 더 원하는 게 무엇인지 알게 해주고
당신에게 더 필요한 것이 무엇인지 알게 해주며
그 길로 당신을 데려다 줄 수 있을 것이다.

부자는 돈보다 시간을 더 소중히 여긴다고 한다.
당신이 젊다면 당신은 앞으로 시간이 아주 많다.

그 많은 시간을 어떻게 보내는지는
당신이 과거에 어떤 후회되는 일이 있었는지를 생각하는 것보다
어떤 일에 대해 잘 할 수 없을 까봐를 계속 걱정하는 것보다

혼자 있어 공허하고 외롭다는 생각만 반복하는 것보다
훨씬 중요하다.

또 무언가에 지쳤다면 맞서지 말고
혼자가 되어 보길 추천한다.
오래 혼자 될 수 없다면 잠시라도.

그럼 보이지 않았던 것들과
앞으로 어떻게 나아가면 좋을지가
더 명확히 보이게 된다.

휴식

어쩌면 아무도 만나지 않는 것이
인간관계로 지친 나에게
가장 큰 휴식일 수 있습니다.

혹시 알아요?
내일 내가
내가 생각하는 것보다
훨씬 더 멋지게 해낼지

오늘보다 더 나은 내일을 위하여

20대 초반에 옷 장사를 하기 위해
한 달에 200만 원짜리 적금을 들어
여러 개의 아르바이트를 동시에 한 적이 있었다.

매달 200만 원을 저금하기 위해서는
항상 하루에 두세 개의 아르바이트를 해야 했다.

그렇게 1년 6개월간 3천만 원을 조금 넘게 모았을 때쯤
뿌듯하기도 했지만 너무나 허무했다.

내가 아는 지인은 매일매일 놀며 시간을 보내다가
그의 아버지가 8천만 원짜리 당구장을
한 번에 차려줬기 때문이다.

내가 그동안
잠 못 자고 일했던 시간이 너무 허무하게 느껴졌다.

'누군가는 단 한 순간에 얻을 수 있는 거구나'
'누군가에게 받음으로써' 라는 생각이 들었다.

그러고 시간이 지나
친구를 통해 지인의 근황을 들을 수 있었다.
지인은 그 후 당구장이 잘되지 않았고
몇 번 더 아버지 돈으로 사업을 했지만 잘 안 되어
지금은 아버지 회사에 다닌다고 했다.
아버지가 이것저것 시키는데
귀찮고 무료하고 힘들다는 것이었다.

나는 그날
내가 어릴 적 아르바이트를 하며, 여기저기 치이며
바쁘게 살면서 돈을 모아 사업을 해 본 사실이
감사하게 느껴졌다.

물론 나도 그 후 사업이 잘 안되었지만

그 후로도 나는 누군가의 도움 없이
끊임없이 도전하고 실패하기를 반복했고
그 속에서 내가 하고 싶은 일이 무엇인지
명확히 알게 되었으며
내가 혼자 힘으로 할 수 있는 일들이 생겼다.

성장했다고 생각한다.

나는 부모님에게 돈을 받는 것이 아니라
충분한 돈을 드릴 수 있게 되었고
내가 원하는 시간은 누구에게 허락받거나 눈치 보지 않고
언제나 가질 수 있었으며
내가 좋아하는 일을 하며 잘 살아가고 있었다.

그날의 어릴 때의 나에게 감사했다.
부자로 태어난 사람이 안 좋다고 말하는 게 아니다.
당연히 부자여도 기대지 않고

자신의 삶을 만들어 가는 사람이 있을 것이다.

말하고 싶은 건
내가 노력해서 얻는 것이 아니라고 하면
내 삶은 진짜 성장한 게 아닐지 모른다.
아직 기대고 살고 있는 것이기에 마음은 불안하다.
기대기만 하는 사람은 문제가 생겼을 때
스스로 해낼 수 있는 능력을 스스로 모르기에 불안하다.
스스로 성장 할 수 있는 기회를 잃은 채 살아간다.

성장하지 못한 사람은 시간이 지나도
스스로 할 수 있는 게 없게 된다.

스스로 할 수 있는 게 없다는 건
열정적으로 살아갈 만한 일이 없다는 것이고
열정이 없다면 삶에 꽃은 피지 않는다.
모든 삶에는 꽃을 피우기 위해 열정이 필요하다.

당신이 만약 혼자의 힘으로
스스로 삶을 책임지며 살아가고 있다면
비록 나처럼 주위에 허무한 일이 생기더라도
그 사람은 타인이 만든 걸 받으며 살아가는 것이고
당신은 당신만의 것을 만들어 가는 중이라는 것을
기억해야 한다.

그렇게 성장하는 사람만이
오늘보다 더 나은 내일을 기대할 수 있지 않을까.
당신의 오늘이 비록 힘들고 어려웠어도
나는 분명 당신에게 더 나은 내일이 있을 거라 믿는다.

오늘의 결과가 어떻든
여전히 당신은 많은 가능성을 지닌 사람입니다.

내 마음대로

회사에 다니기 싫으면 다니지 마세요.
누군가가 미우면 만나지 마세요.
하고 싶은 게 없는데 알고 싶으면 찾아보세요.
여행을 가고 싶으면 가세요.

모두 내 마음입니다. 내 마음대로 하세요.
대신 선택에는 책임도 따릅니다.
그 선택에 대한 책임을 지기 싫으면
선택하지 않으면 됩니다.
그럼 그게 자신에게는 내가 원하는 것입니다.

내 마음은 내 마음대로 살고
타인의 마음은 타인의 마음대로 하게 두세요.

모든 사람에게 사랑받으려 할 때.
많은 사람에게 사랑받으려고 할 때.
말하지 않고서 누군가 내 마음을 알아주길 바랄 때.

잘하는 것보다 중요한 것

요즘은 100세 시대이다.
어쩌면 그 이상으로 수명이 늘어날지 모른다.

그래서 인생은 긴 마라톤과 같다.

단거리 달리기가 절대 아닌 것이다.
하나에 실패했다고
하나를 실수했다고
인생이 끝나는 것이 아니다.

어쩌면 인생이란 마라톤을 완주하고 나면
나의 과거에 실수한 일이 기억조차 나지 않을지 모른다.

그래서 원치 않은 실수 하나 하나에
숨을 쉬기 어려울 정도의 자책을 담아
자신을 계속 비난하거나 미워할 필요 없다.

인생은 실수를 쌓아가며 성공하는 것이지
실수 없이 성공하는 것이 아니기에
(여기서 성공이란 자신이 바라는 삶의 모습이다.)

자신이 아무리 실력이 좋아도
아니면 지금 실력이 조금 부족해도
어떤 모습이든 내가 잘할 수 없는 사람이라며
자신감이 상실된 채 살아간다면
나는 인생의 마라톤을 절대 잘 달릴 수 없다.

인생이란 마라톤은 장거리이기에
지금 잘 못 해도 나중에 잘할 수 있는
기회는 정말 얼마든지 많다.

그래서 우리에게 가장 중요한 건 지금
자신감이다.

우리의 자신감의 크기가
우리가 앞으로 얼마나 더 실수를 딛고 일어날지 결정하며
우리가 앞으로 얼마나 더 많은 어려움을
극복해 앞으로 나아갈지를 결정하며
우리가 앞으로 얼마나 더 많이 즐겁게 살아갈 수 있을지
행복을 결정한다.

당신이 지금 자신감을 놓친 채 달리고 있어서
괴롭고 힘들다면
앞으로 잘하지 못한 나를 더 격려하고 응원해주자.
자신감을 잃지 않게.

그리고 나에게 말해주자.

나는 나를 믿어
나는 나를 믿어
나는 나를 믿어

꼭 잘하지 못해도 되니까
할 수 있는 만큼 나아가보자.
나만은 언제나 나를 믿어주자.

어려운 날

행복하고 싶은데
그게 너무 어려운 날이 있다.

아무리 잘하려고 노력해도
상처 받는 날이 있다.

하기 싫은 생각 속에서
하루 종일 불안하고 힘든 날이 있다.

지금 당장 여길 떠나고 싶지만
떠날 수 없다는 걸 누구보다 잘 알기에
속상한 날이 있다.

상대방에게 너무 심한 말을 하고
후회되는 날이 있다.

그런 날들은 참 어려운 날이다.
앞으로 행복하기 위해
도저히 어떻게 해야 할지 몰라서
참 어려운 날이다.

스트레스를 참기만 하면

스트레스를 해소하지 못하면
가까운 사람에게 자주 화를 내게 되거나
스트레스를 늘 참기만 하는 것 같아서
마음이 너무 답답하고
불안감이 생깁니다.

그래서 스트레스를 많이 받는 직업인 경우는
주변의 인간관계까지 안 좋아지기도 합니다.

스트레스를 참다 참다 정말 극에 달하면
늘 하는 것도 할 수 있는 것들도 다 하기 싫어집니다.

그렇게 모든 게 하기 싫고 짜증나다가도
내가 왜 이러나 싶고
이러지 않았던 자신의 과거와
지금의 자신을 비교하느라 자책이 됩니다.

내가 싫은 일에 대한 스트레스를 생각하는 것부터
지금의 자신의 모습을 자책하는 것까지 벅차고 힘듭니다.

스트레스를 풀어야 하는데
어떻게 풀지 모르겠다면
푸는 방법은
내가 좋아하는 걸 하는 것입니다.

좋아하는 걸 하면서
좋아하는 것에 집중한 뒤에 시간이 흐르고 나서
나를 힘들게 한 일을 다시 마주하게 되면
3가지 좋은 경우를 만나게 됩니다.

싫어하는 것만 계속 바라보며
싫은 것에 대한 싫은 생각의 크기가
계속 커지는 것을 막을 수 있고
시간이 지나 싫은 것을 다시 봤기 때문에

싫어하는 크기가 작아져 있고
그게 아니라면 싫어하는 시간을 버티면서
'좋아하는 걸 생각하며 얼른 스트레스 풀러 가야지' 라는
희망의 마음을 가질 수 있게 됩니다.

그런데 내가 무엇을 좋아하는지 모르면
스트레스를 풀지도 못 하고
어떻게 풀지 몰라 하다가
화나 자책으로 표출해 버립니다.

그럼 무기력해집니다.
스트레스를 참을 수도 없고 풀 수도 없고
지금의 상황을 노력해도 해결 할 수 없다고 생각해서
그냥 포기하게 됩니다.
이건 상황을 받아들이는 것과는 다릅니다.

받아들이는 건 어느 정도 인정을 하고 만족이 되는 것이고

포기하는 건 내 마음을 내가 조절할 수 없는 불안 속에서
마지못해 살아가는 것입니다.

스트레스가 쌓였다면 좋아하는 것을 해보고

그 좋아하는 것으로 안 풀리면
좋아했던 것에 익숙해져서
좋아하는 감정이 느껴지지 않거나
어쩌면 내가 진짜 좋아하는 다른 게 없으니
그냥 그걸 내가 좋아한다고 생각했던 것일 수 있습니다.

진짜 좋아하는 걸 아직 몰라서 스트레스를 못 푼다면
지금 당장은 억지로 힘내지 마시고
충분히 휴식한 뒤에 천천히 찾아보며
내 삶에서 내가 좋아하는 시간을 만나면서
스트레스를 참고 살아가는 게 아니라
해소하면서 살아갈 수 있기를 바랍니다.

불안한 이유

첫째, 내가 잘해야 한다는 생각이 지나치게 강한 사람입니다.

잘해야 한다는 생각이 지나치게 강해서
조금만 실수를 하거나
타인이 나를 보는 시선이 조금만 안 좋은 것 같으면
크게 걱정되고 불안해 집니다.

무조건 항상 잘해야 한다고 생각해서
잘하지 못한 자신을 만나면 크게 미워하고
스스로 자책하느라 힘들어 합니다.

둘째, 열심히 해야 하는 건 아는데
열심히 하고 싶은 게 없는 사람입니다.

그러면 마음이 불안해집니다.
왜냐면 미래가 걱정되기 때문입니다.

이대로는 안 되는 걸 알면서도
바뀌지 않는 자신을 보며 불안이 커져 갑니다.

셋째, 충분히 잘하고 있는데도
끊임없이 스스로를 낮게 보는 사람입니다.
자신을 낮게 보기 때문에 끊임없이 성장해야 된다 생각하고
지난날과 비교하였을 때 분명 성장했는데
성장을 해도 자신을 항상 낮게만 봐서
성장해야 된다는 생각에 끝없이 불안합니다.

넷째, 자신의 마음을 절대 인정하지 않는 사람입니다.
예를 들어 유명하다는 맛집을 찾아가 보았습니다.
그런데 맛집이 맛이 없어요.
그럼 그 음식점이 맛없는 건데
맛집이 맛없는 것을 인정하지 않고
자신이 맛집을 잘 찾지 못해서라면서
오히려 자신을 탓하는 사람입니다.

또 다른 예로 매운 떡볶이를 먹었어요.
사람들은 맵지만 다 잘 먹는데
자신만 못 먹으면 '나는 매운 걸 잘 못 먹는구나' 라고
인정하지 않고 '왜 나는 매운 걸 못 먹지' 부터

나는 왜 이렇게 참을성이 없지,
왜 이렇게 끈기가 없지 등 자신을 자책합니다.
그냥 떡볶이가 매운 건데 이런 자신을 인정하지 않는 사람은
마음이 늘 불안합니다.

그 이유는 항상 자신이 바뀌어야 하고
모든 문제가 자신이 바뀌지 않아서라 생각해서
스스로가 피곤하고 힘듭니다.

다섯째, 집중할 게 없거나 싫어하는 것만 하거나
내가 의욕적으로 하고 싶은 게 없는 사람입니다.

내가 지금 많이 불안하다면 위에 이유 중 하나이거나
여러 개 일지 모릅니다.
나의 불안을 돌아보고 위에 행동을 줄여
편안한 마음을 되찾을 수 있기를 응원합니다.

우울함에서 벗어나기

매일 똑같은 곳에 가고 똑같은 일을 하고
똑같은 장소에 있고 똑같은 걸 먹고
똑같은 사람들과 있으면서 똑같은 시간을 보내면
사람은 누구나 우울해진다.

내 삶의 모든 것이 같은 것으로 반복되는 일상이 될 때
좋다거나 즐겁다는 감정이 오랫동안 사라지면
사람은 우울해 진다.

특별한 일을 꼭 겪지 않아도 새로운 것을 경험해보며
가보고 만나보는 시간과 용기가 필요하다.

새로운 경험이 나에게 얼마나 효율적인지
생각만으로 알기 위해 시도하지는 않고
계속 같은 생각만을 반복하면 더 우울감에 빠진다.

스스로 아무것도 할 수 없는 사람이란
생각이 들기 때문이다.

새로운 경험을 찾아 나서기 전
걱정이 되기도 하지만
우리는 사실 너무 걱정할 필요가 없다.

새로운 것을 해보았지만 좋지 않으면
기존에 가지고 있는 것이 얼마나 소중한지
내 주변에 있는 것이 얼마나 좋은지 알게 되기 때문이다.

새로운 것을 시도해 보았는데 좋으면
나는 우울감에서 벗어나 마음에 활력이 생긴다.

당신은 요즘 우울한가?
그럼 새로운 곳에 가보거나
새로운 맛집과 예쁜 카페를 가보거나

새로운 것을 해 볼 시기가 온 것이다.

다가온 우울함을 너무 걱정하지 말고
우울함을 금세 내쫓기 위해 계속 '우울해하지 말아야지'
'왜 우울하지?' 라고 생각하지 말고

반복되는 일상에서 잠시라도 숨을 쉴 수 있게
시간을 내어 벗어나 볼 수 있기를 추천한다.

혼자 새로운 경험을 하는 게 두렵다면
마음 맞는 친구와 함께
새로운 것을 해보는 것도 좋겠다.
그럼 우리는 경험과 함께
소중한 추억도 함께 쌓을 수 있을 테니까.

오늘 당신의 힘든 하루를
버틸 수 있게 한 건
어떤 생각이었나요?

상처가 많은 사람

상처가 많은 사람은 자주 불안함을 느낍니다.
작은 일에도 불안함을 느끼고, 큰일에도 불안함을 느낍니다.

그래서 항상 마음이 바쁩니다.

불안함은 과함을 낳아 과하게 행동하게 되고
후회와 자책으로 힘들어합니다.

'그러지 말아야지'라고 생각하지만
똑같은 상황이 되면 다시 불안해져
스스로가 통제가 잘 안 돼 다시 과하게 행동하게 되고
거기에 따른 후회와 자책으로 힘들어합니다.

내가 너무 게으르거나
내가 너무 부지런하거나
내가 너무 화가 많거나

내가 너무 참거나
내가 안 좋은 말들이 일일이 너무 크게 들리고
크게 와닿거나
내가 너무 예민하거나 또는 너무 무신경하거나
내가 안정적인 것만 추구해 좋아하는 게 없거나
내가 너무 괜찮은 척만 하거나
내가 너무 할 말을 못하거나
내가 자책이 심하거나
내가 상대방에게 너무 간섭하거나 등등

무엇이든 내가 나의 행동을 되돌아봤을 때
나의 행동으로 힘들다면 과한 것입니다.

마주한 상황만을 바라볼 게 아니라
상황을 받아들이는 나를 바라봐야
더 넓은 세계와 넓은 시야로
평온함을 찾을 수 있습니다.

예를 들어
내가 열심히 살지 않아 고민이라고 한다면
그럼 열심히 살기 위해 노력하면 됩니다.
잘 안돼도 다시 마음을 잡고 노력하면 됩니다.
그게 안 되면 다시 노력하고.

그런데 내가 지금 너무 힘들다면
열심히 해야 한다는 생각에
너무 과하게 집착하고 있어서 그렇습니다.
불안하기에 과함이 만들어지고
그 생각에 집착하게 됩니다.

그래서 열심히 하는 과정에 집중하기보다는
'열심히 하지 못하면 어쩌지'라는 불안에 집중하여
마음이 계속 힘듭니다.

나는 내가 열심히 하지 않아 힘든 것이라 생각하지만

열심히 하지 않으면 열심히 하면 됩니다.
잘 안되면 각오하고 다시 해보고.

그러나 내가 지금 불안하다면
열심히 해야 한다는 마음이 너무 과하고 커서
힘든 것일 수 있습니다.

그 마음을 내려놔야 평온을 유지하며
불안에 집중하는 것이 아니라
되고자 하는 모습에 더 집중하고
앞으로 나아갈 수 있습니다.

예를 들어,
인간관계에서 자주 서운함을 느끼는 사람이 있습니다.
서운하면 서운하지 않기 위해 방법을 고민하든
내가 행복할 수 있는 방향을 찾아 나아가면 됩니다.
잘 모르겠으면 찾아보면 됩니다.

그러나 내가 서운하게 되는 상황이
있으면 안 된다는 생각에 너무 집착하게 되면
'또 서운하면 어쩌지'라는 불안에 집중하게 되며
불안한 만큼 상대방이 나에게 서운하게 하지 않기 위한
과한 행동을 하게 됩니다.
지나치게 맞춰주거나 지나치게 강한 사람이 되거나
지나치게 상대를 바꾸려는 마음으로 계속 힘들어집니다.

상황은 고민해보면서 바꿔나가면 됩니다.
그런데 문제는 그 바꿔나가는 과정에서
마음이 너무 괴로워 고민이라면
내가 지금 그 생각에 과하게 집착하고 있어서
힘든 것입니다.
자신이 과하다는 걸 인지하지 못하고
계속 상황만 탓하면
계속 불안하고
계속 힘들 수밖에 없습니다.

물론 시기에 따라 어떤 과함이 좋은 결과를 가져오기도 합니다.
하지만 일시적 결과일 뿐 인생 전체를 잘 살기 위해서는
과함을 통제할 수 있어야 합니다.

그럼 나는 어떤 부분에서
불안이 형성되고
과하게 행동하게 되는 걸까요?
내가 상처가 많은 부분을 마주하면
불안이 형성되고
불안하기에 과하게 행동하게 됩니다.

상처는 내가 갖고 싶었던 필요한 마음을
갖지 못했을 때 상처가 됩니다.
편안함 여유 사랑 이해 안도 즐거움 기쁨 등등.
예를 들어 어릴 적 다른 사람에게
이해받아 본 경험이 거의 없는 사람이 있습니다.
이해받고 싶었는데 이해받지 못해 상처가 되고

그래서 다른 사람을 이해해야 하는 순간이 오면
마음이 불안해지고 과하게 행동하게 됩니다.

너무 과하게 이해하려 하거나
너무 과하게 화를 내거나
그런 모든 행동이 상처에서 비롯됩니다.
상처가 있으면 부자연스러움이 생기고
상처 있는 부분은 다른 사람들과 순환하며
자연스럽게 지내기 어려워집니다.

그래서 외로움이 발생하고
내가 불안을 인지하지 않으면
나의 외로움이 내 곁에 있는 사람들 때문이라
착각에 빠지게 됩니다.

물론 주위 사람들 때문에 외로움이 발생할 수는 있지만
나의 근본적 외로움은 삶의 방식 때문입니다.

나의 지금 삶의 방식이 외로움을 만들고
앞으로도 외롭게 만듭니다.

과거에 어떤 상처 부분이
지금의 나를 불안하게 만들고
부자연스러움을 만들고 외로움을 만듭니다.
그것이 삶의 방식이 되어
나를 외롭게 만들고 있는 것입니다.

그래서 사람은 누구나 외로움이 있고
누구나 상처가 있습니다.
상처 없는 사람은 없기에
다행히 외로움을 인정하고 불안을 인정하고
상처를 인정해나가면
상처를 치유해 나갈 수 있습니다.

그럼 나의 불안함과 과함을 만드는 상처를

어떻게 치유해 나갈 수 있을까요?

여러 가지 방법이 있지만
가장 근본적인 방법은 호흡하는 것입니다.
자연스러워질 때까지.

불안한 마음도 결국 불안에 계속 노출되면
불안이 자연스러워지고 불안이 익숙해집니다.
불안이 편안해집니다. 불안이 잠잠해집니다.
이 과정에 필요한 건 시간입니다.

내가 어떤 상황에서 불안함이 생기면
불안한 마음 그대로 상황을 탓하며
과하게 행동하지 말고
또는 불안하지 않으려고 과하게 행동하지 말고
그대로 불안함을 인식해 보세요.
'아, 나의 상처 있는 부분이 불안하게 작용하는구나'

불안한 채로 잠시 시간을 보내보세요.
불안하지만 불안이 자연스러워지고
불안이 익숙해지고
불안이 편안해지고
불안이 잠잠해질 겁니다.

불안이 떠올라 부자연스러웠던 마음의 호흡이
시간이 지나 자연스러워질 것입니다.

그렇게 부자연스러웠던 모습을
자연스럽게 찾아가며
마음의 불안이 줄어들고
후회와 자책에서 벗어난
평온한 하루를 살아갈 수 있기를 응원합니다.

결국 해내는 사람의 특징

체육관을 운영하시는 관장님이 말씀하셨다.
아무리 힘들어도 끝까지 노력하여
결국 해내는 사람들이 있다는 것이다.

어떤 사람인지 묻자 이렇게 답하셨다.

"그들은 힘들어도 포기를 생각하기보다
더 잘할 방법을 고민하고 시도합니다.
어려움은 누구나 찾아와요.
그런데 그들은 이겨내는 데 시간을 씁니다.
그리고 어려움을 이겨내는 것이 얼마나 멋진 일인지를 잘 압니다.

그래서 자신만의 세계에 빠집니다.
어려움을 이겨내기 위한
고민의 방법과 시간 조절, 최상의 컨디션, 마음가짐,
모든 모습을 어려움을 이겨내고 극복하는 데
집중시킵니다.

자신만의 리듬을 찾고
그 속에서 결국 어려움을 극복하고 성장해 나갑니다.

그들은 말합니다.
잠깐의 노력으로, 잠시의 시간으로, 단기간의 신념으로는
목표를 이룰 수도 없고
찾아온 어려움을 극복해 성장할 수 없다는 걸 알기에
자신만의 세계에 빠져 자신의 모든 생활 패턴을
어려움을 극복하고 성장하는 데 쓴다고.

그리고 그들은 그 대가를 받습니다.
오랜 시간이 지나 자신이 원하는 것들을 하나씩 이루어 나갑니다.
다른 사람들은 할 수 없다고 말한,
다른 사람들은 생각하지 못한 것들을 하나씩 이루어 나갑니다.

왜냐면 그들은 알기 때문입니다.

어떠한 생활 패턴으로, 어떠한 방식으로 나아가면 된다는 걸
알기 때문에 내면의 흔들리고 불안한 마음을 잠재우며
넘어져도 다시 나아갑니다.

방황할 때는 길을 찾습니다.
절대 포기하지 않습니다.

그리고 감사한 마음을 갖습니다.
노력할 수 있는 자신의 모습에, 자신이 노력을 통해 이룬 것에,
그리고 작은 일이어도 자신에게 도움을 주었던 사람들에게,
그리고 다시 도전하고 시작할 수 있는 작은 환경에도
긍정적이고 감사하게 생각하며 용기를 잃지 않습니다.

하지만 부정적인 사람들은
자신의 마음처럼 되지 않으면 쉽게 불평하고 포기합니다.
바꿔나가거나 시도해나가는 것의 의미보다
자신에게 완성된 성공과

완성된 환경이 주어지길 바라는 마음이 더 큽니다.
그러나 그건 현실적으로 어렵고, 그래서 불평불만이 많아지고
불평불만을 하는 데 시간을 많이 쓰게 됩니다.

다른 사람에게 기대지 않습니다.
다른 사람의 탓도 하지 않습니다.
다른 사람이 무얼 해주길 바라지도 않습니다.
자신이 한만큼 결과가 생긴다는 걸
누구보다 믿기 때문에 자신의 노력에만 집중합니다.

그래서 신념이 강한 사람끼리는 함께 일하는 게
때론 어렵기도 합니다.

자신의 삶에 스스로의 노력의 양보다
기대거나 바라는 게 많은 사람은
발전하기가 어렵습니다.
불필요한 데 시간을 많이 쓰게 됩니다.

그렇게 시간이 지나면
두 사람은 확연한 차이가 생깁니다.

결국 무언가 해내는 사람은
사실 대단하고 특별한 일을 만나서 그렇게 된다기보다
삶 전체를 그러한 방식으로 살아가는 사람입니다.

그래서 사실 무얼 해도 성공하게 되는 사람인 것 같습니다.

뛰어난 운동선수가 운동을 했기에
운 좋게 성공했다고 생각하지 않습니다.
운동이 아니어도 결국 무엇을 해도
성공할 수밖에 없는 이유를 만들어냈기 때문이라 생각합니다.

의지가 약해질 때는
열심히 살아가는 사람들을 보면 좋겠습니다.
내가 힘든 건 사실이지만

그래도 나도 할 수 있다는 생각이 들기 때문입니다.

자신을 믿고 자신의 의지를 꺾지 않고
계속 나아갈 수 있었으면 좋겠습니다."

산책

산책을 좋아하나요?

저는 꾸준히 하루에 2시간 정도 걷습니다.

비가 와도 걷고 비가 오지 않아도 걷습니다.

걸으면서 많은 것을 정리하고 많은 것을 담습니다.

누군가의 고민을 듣고 이야기하기도 하지만
저도 똑같이 고민 앞에서
어떻게 해야 할지 몰라 망설이기도 합니다.

힘든 시간은 누구에게나 찾아오는 것 같습니다.
그럴 때마다 생각합니다.

그 시간이 조금 더 쉽기를
그 시간이 조금 더 빨리 지나가기를

그 시간이 얼른 괜찮아지기를

하지만 몸의 아픔도 마찬가지이듯
마음의 아픔도 아주 서서히 지나가며
괜찮아집니다.

생각만큼 모든 것이
빠르게 괜찮아지고 좋아졌으면 하지만
결코 쉽지 않습니다.

여러분은 어떤가요.

어떤 방식으로
아픔을 지나가고
힘든 시간을 마주하나요.

걷는 걸 좋아하나요?

산책을 좋아하나요?
음악이 있어도 좋고 없어도 좋습니다.
목적지가 있어도 좋고 없어도 좋습니다.
시간이 정해져 있어도 좋고
정해져 있지 않아도 좋습니다.

무언가를 정하는 데 지쳤다면
아무것도 정하지 않고 걷는 건
더욱 좋습니다.

무거운 생각이 든다면 걸어보세요.

걷지 못할 길이 없는 것처럼
걸어가지 못할 어려움도 없다는 걸
알게 될 수 있습니다.

숫자를 외우듯 생각하며

괴로운 생각을 너무 반복하지 마세요.

반복하지 않아도 시간이 지나면
답을 찾게 되고
조금 더 괜찮아질 거라 믿습니다.

지금을 멋지게 살아가세요.

햇살이 아직 들지 않은 이른 아침에도

비가 많이 내리는 오후에도

아무것도 보이지 않는 흐린 밤에도

축축한 마음과
불편한 생각들을 모두 담지 말고
어느 날에도 잘 살아가 보세요.

정답이 없기에
내 마음의 이야기를 잘 들어주면서
예측할 수 없는 길을 걸으며
길에 놓인
행복한 순간들을 만나며
잘 살아가세요.

인내의 시간을 너무 두려워하지 마세요.
자신을 다독이며
인내하고 노력했던 것들이
좋은 결과를 가져다줄 겁니다.

우리가
신호등을 기다릴 수 있는 이유는
곧 바뀔 거라는 걸 알기 때문이다
그러니 힘들어도 조금만 참자

곧 바뀔 거야
좋게

신호등처럼

계속 걸어가세요

당신이 걸어가는 길이 외롭고
아무도 바라봐주지 않고
인정해주지 않아도

당신은 틀리지 않았습니다.

계속 걸어 나가세요.

계속 걸어가다 보면
사람들이 좋아하고
내가 싫어하는 내 모습이 아니라
내가 좋아하는 가장 나다운 내 모습을 만나게 될 거예요.

할까 말까 한 일들은 전부 해보면 좋겠다.
나이가 들수록 하고 싶어도 못하는 일들이
점점 더 많아 질 테니까.

헤어지게 된다면
너무 오랫동안 아파하지 않았으면 좋겠다.
놀랍게도 애쓰지 않아도 다음 사랑이 또 찾아온다.
그렇게 한 번의 사랑을 통해
몇 번의 사랑을 통해
후회도 하고 반성도 하며
나와 제일 잘 어울리는 사람을 찾게 될 거라 믿는다.

할 수 없을 거라고 미리 포기하면
할 수 있는 건 아무것도 없이 살아가야 하기에
무슨 일이 있어도 해보고 포기해야 후회도 남지 않고
정말 할 수 있는지 없는지 알게 된다.

너무 많은 사람과 잘 지내려고 할 필요 없다.
아무리 애써도 어차피 나이가 들어
찾아오는 사람은 정해져 있다.
그 사람들이 누군지 잘 생각해보고
그 사람들에게 잘하면 된다.

돈을 아끼지 말자. 돈을 막 쓰라는 것은 아니다.
쓰고 싶은 게 있다면 써 보자.
그리고 만족도 하고 후회도 하면서
나에게 맞는 돈 쓰는 습관을 찾는 것이 더 중요하다.

내가 힘들 때 찾아갈 수 있는 행복이 무엇인지 알아두자.
그게 음악이든 노래든 사람이든 여행이든 책이든 운동이든
그게 있어야 내가 힘들 때
모든 생각을 접고 그곳으로 피할 수 있다.

돈으로 살 수 없는 게 너무 많다.

추억, 젊음, 시간, 꿈, 여행, 친구, 사랑 등….
이 모든 걸 꼭 하나씩 해보고 얻자.

나중에 돈으로도 살 수 없는 가장 귀한 것이다.
젊음은 나를 찾는 데 집중하고
버리고 싶은 모습은 과감히 버리고
더 채우고 싶은 모습을 찾기 위해 고민하는 시기이므로
불완전하다고 지금 고민만 하고 있다고 아직 답을 모른다고
방황한다고 자책할 필요 없다.

그런 자신을 더 많이 아껴주고 격려해주자.

포기하지 않고
꿋꿋하게
원하는 길로 찾아갈 수 있도록.

선택

선택했는데 아니면
다른 거 다시 선택하면 되는 거야.
걱정하지 마.

여행의 필요성

여행을 가면 우리는 일단 새로운 곳에 집중하게 되어
떠나기 전 가지고 있던 복잡한 생각을 잊을 수 있고
돌아와서 다시 생각한 복잡했던 그 생각은
처음보다 훨씬 작아져 있다.

좋은 여행지는 희망을 준다.
현실의 삶이 당장 변하지 않아도
가기 전 준비로 설레고 다녀온 후 좋았다면
다음에 또 가고 싶다는 희망이
현재를 살아가는 데 꽤 큰 힘이 된다.

먹고 싶은 것이, 맛있는 것이, 좋은 것이
세상에 정말 많다는 것을 알게 되어
현실에서 일을 게을리 하지 않고 더 열심히 살게 된다.
왜냐면 내가 하고 싶은 것을 하기 위해
경제력이 있어야 하기 때문이다.

여행을 같이 하다 보면
그 사람이 평생 함께할 사람인지 아닌지 알게 된다.

가까이서 많은 것을 경험하며 자세히 보기 때문이다.
이 사람은 힘들 때 어떻게 표현하는지
상대방을 배려하는 사람인지
나와 맞춰나갈 수 있는 사람인지를 알게 된다.

여행은 '장소에 간다' 의 개념이 아니다.
내 삶이란 책 속에서 멋진 한 페이지가 장식되는 순간이다.
가지 않았다면 알 수 없는 많은 것을
생각하고 느끼고 돌아보게 해준다.

물론 좋은 여행만 있지는 않다.
다시는 가고 싶지 않은 여행지도 많다.
그러나 그걸 통해
앞으로 가지 않을 곳을 명확히 알게 되었으니

그것 또한 시간 낭비는 아니다.

완벽한 여행은 없다.
즐거운 여행이었는지 즐겁지 않은 여행이었는지
둘 중 하나만 있을 뿐이다.

헤매기도 하고 불완전하기도 한 여행일지라도
내가 좋아하는 걸 많이 봤다면
그 여행은 즐거운 여행이 된다.

우리 삶도 여행과 비슷하다.
헤매고 실수하고 불완전하기에
인생이란 길이 처음 가보는 길이기에
완벽한 여행은 될 수 없고
즐거운 여행인가 즐겁지 않은 여행인가만 있을 뿐이다.

당신의 지난 시간이 비록 상처가 있고

실수도 하는 불완전한 시간이었다 해도 괜찮다.

그럼에도 불구하고
내 인생에서 내가 좋아하는 것을 많이 만나고 있다면
그것을 위해 노력하고 있다면
우리는 인생이란 여행이 끝나고
즐거운 여행이었다고 말할 수 있지 않을까?

앞으로 당신의 인생이란 여행이
잊혀지지 않는 좋은 추억들로 더 많이 채워지며
좋아하는 것을 많이 만나며 즐거운 여행이 될 수 있기를.

즐거운 노래와 맛있는 음식과 좋은 장소와
마음이 풍요로운 사람들을
여행에서 많이 만날 수 있기를 희망한다.

멀리 가기 위해 쉬어가야 한다.

밤이

밤이라는 친구와 함께 지낸다.
글을 쓰기에 보통 집에 있는 시간이 많아서
하루 3번 정도 산책을 하는데
나도 밤이도 산책을 좋아한다.

우리는 목적 없이 마을을 걷는다.
목적을 잠시 내려놓고 걷는 것을 좋아한다.
그래야 온전한 길을 만날 수 있다.
진달래꽃도 피어 있고
계절에 따라 낙엽을 밟기도 하고
흰 눈이 쌓여 있는 길을 걷는다.

밤이는 길에 놓인 누군가의 온기를 맡고
나는 새로 불어온 공기로 마음을 채운다.

우리는 단짝 친구처럼
늘 함께 다니고 함께 걷는다.

아무도 마음을 몰라 줄 때면
밤이는 아무 조건 없이
내가 기댈 수 있게 가만히 기다려준다.

마음을 나눈다는 건
옆에 가만히 있어 주는 것과 같다.

마음을 나눈다는 건
같은 길을 걷는 것과 같다.

마음을 나눈다는 건
말을 나누지 않아도
설사 서로 같은 곳을 보지 않아도
언제든 앞으로 함께할 거란 믿음이
마음에 있는 것과 같다.

마음을 나누다 보면 모든 계절이 예뻐 보인다.

당신의 마음 곁에
마음을 나눌 수 있는 존재들이
오래 머물 수 있었으면 좋겠다.

가장 듣고 싶었던 말

유명한 작가가 있었다.
수많은 강연을 하고 책을 쓰며
많은 이들이 그를 찾아왔다.

그러나 작가의 유년 시절은 불운했다.
그의 아버지는 작은 실수에도
그에게 크게 폭력을 휘둘렀는데

작가가 초등학교 2학년이 되던 해 밤에
화장실을 가던 중에
아버지가 쌓아 놓은 피규어 장난감을 넘어뜨렸고
아버지는 그 소리를 듣고
쿵 쿵 발걸음 소리를 내며 방에서 나와
작가의 머리채를 끌고 화장실로 데려갔다.

그리고 주먹으로 머리를 계속 때렸다고 한다.

작가는 어릴 때부터 많이 맞아서
웬만한 아픔은 잘 참았는데
그날은 머리를 맞다가
앞이 보이지 않았고
턱이 덜덜 떨리면서
정말 죽을 수도 있겠다는 생각이 들어서
아버지에게 이렇게 말했다고 한다.

"아버지, 머리 말고 몸을 때려 주시면 안 될까요?"

아버지는 말대꾸한다면서
화장실 바닥 닦는 솔의 손잡이로
짝 소리가 나게 작가의 입을 계속 때렸고
작가는 소리 내면 더 세게 맞을까 봐
숨을 죽인 채 맞았다고 한다.

그리고 시간이 지나

어린 작가는 어른이 되었고 유명한 사람이 되었다.
많은 강연을 했고 처음으로
성인 남자 500명 앞에서 대규모 강연을 하게 되었다.
수많은 사람의 박수 갈채를 받으며 무대에 섰고
강연이 시작되었다.
그런데 강연을 하던 도중 갑자기 자신도 모르게
바지가 축축해져 왔다. 오줌을 싼 것이었다.

영문도 모르게
오줌을 싸버린 작가는 도망치듯 강연장을 나왔다.

당연히 너무나 창피했고
죽고 싶을 만큼 수치스러웠다.
소문이 날까 두려웠고 자신이 너무 미웠다.

"내가… 오늘 얼마나 잘 하고 싶었는데…"
그렇게 큰 무대에서

말도 안 되는 실수를 해버린 자신이 너무 자책이 되었다.

그러나 도대체 무슨 일인지
다음 강연에서도….
그리고 그다음 강연에서도
그리고 그다음에 강연에서도
오줌을 싸는 일이 반복되었다.

그리고 그 다음날 또 강연이 있었는데
도저히 내일 강연을 할 자신이 없었고
오늘이 지나가고 내일 아침이 오는 게
죽기보다 더 두려웠다고 한다.

처음으로 그날 죽고 싶다는 생각이 들었다.

그리고 시간이 지나
자신이 왜 그랬는지 알게 되었는데

바로 자신도 그동안 몰랐던
중년 남성에 대한 트라우마 때문이었다.

어릴 적 아버지한테 하도 많이 맞아서
중년 남성이 많이 모인 곳에서 강연을 하면
자신도 모르게 죽음에 준하는 공포를 느끼게 되었고
두려움에 오줌을 싸게 된 것이었다.
아버지가 정말 미웠다고 한다.

그러나 그러다 결국 자신이 미워졌다고 한다.
죽고싶다는 생각으로
한동안 숨어
강연도 하지 않고 글도 쓰지 않고
계속 그렇게 자신을 미워하다
어느 날 이런 생각이 들었다고 한다.

만약….

정말 만약에….

그날 장난감을 넘어뜨린 날
아버지가 방에서 나오셔서
이렇게 말했다면
내 인생은 좋아지지 않았을까?

영수야.
영수야, 괜찮아. 그거 괜찮은 거야.
별 일 아니니까
너무 걱정하지 마, 아무것도 아니야.
아무것도 아니니까
너무 걱정하지 마.
괜찮아.
다음에 잘하면 돼.

만약에 아버지가

그 날 자신에게 이렇게 말해주셨다면
자신의 인생은 좋아지지 않았을까….
비록 다음에 장난감을 또 넘어뜨리더라도.

시간을 돌려 장난감을 넘어 뜨려 무서워하는
어린 자신에게
그렇게 말해주고 싶었다고 한다.

괜찮다고, 별일 아니라고.
아무것도 아니니깐
너무 신경쓰지 않아도 된다고.
다음에… 다음에 잘하면 된다고.

그래서 그날
태어나서 처음으로 자신에게 말해주었다고 한다.

오줌을 싼 그날

"괜찮아……. 괜찮아."

괜찮아의 의미는 용서의 의미라고 한다.
용서는 어떤 잘못을 한 사람에게

'아, 그랬구나. 그럴 수 있었구나….'
라고 한 뒤 다음에 그러지 않을 기회를 주는 것이다.
그리고 그는 그날 오줌을 싼 자신을 용서했다.
그리고 다음에 다시 잘할 기회를 주었고
기저귀를 차고 강연을 했다.
그리고 6개월이 지나
그는 더 이상 오줌을 싸지 않게 되었다.
두려웠던 무대에 스스로 익숙해질 시간을 준 것이다.

당신의 삶이란 무대에서
당신은 지금 어떤 문제를 만났는가.
당신에게 지금 필요한 건

실수하고 불완전한 자신을 미워하거나
책망하는 것이 아니라
"괜찮아" 라는 한 마디 일지 모른다.

어쩌면 그동안
스스로에게 한 번도 괜찮아라고 말한 적 없을지도 모른다.

항상 잘해야만 해서 잘하지 못했을 때 누구한테도
그런 얘기를 들은 적이 없어서
스스로 지나치게 엄격하고
자책하는 사람이 되었는지 모른다.
당신은 항상 잘해야하고
항상 실수하면 안 되는 그런 사람이 아니다.

사람이기에 실수할 수도 있고
때론 넘어질 수도 있다.

하지만 그래도 괜찮다.
다음에 다음에 다음에 잘하면 된다.

오늘 괜찮다고
말해준다면
다시 잘 할 수 있는 기회를 준다면
당신이 서고 싶은 그 삶에 무대에서 도망치지 않고
계속해서 실수를 수정 할 기회를 준다면

언젠간 당신은 당신의 실수를 가장 멋지게 이겨 낸
사람이 되어 있을 것이다.

마지막으로 작가는 말했다.
저는 적어도 앞으로
잘하지 못했을 때마다 아버지가 저를 때리듯이
스스로를 그렇게 대하며 살아가고 싶지는 않아요.

실수할 수도 있겠지만
스스로에게 많은 용서를 해 줄 수 있는 사람이 되고 싶어요.

용서란 기회를 주는 거니깐.
그럼 그때 좋아질 것 같아요. 정말 제 인생이.

완벽해져서가 아니라
불완전한 나를 만나도 괜찮다고 생각하고
기회를 줄 수 있다면
나는 삶의 많은 순간을
더 편안한 마음으로 살아갈 수 있게 될 것 같아요.
그리고 더 많은 것들을
도망치지 않고 해낼 수 있을 것 같아요.

그리고 어쩌면

저는

지금도 충분히 괜찮은 사람일지 몰라요.

당신은

지금도 충분히 괜찮은 사람이다.

항상 잘해야 한다는 생각

늘 자신을 자책하거나
마음이 자주 불안하거나
인간관계에서든 일이든 작고 사소한 문제에도
크게 예민하게 반응하게 되고 힘들어하거나
미래에 어떤 일이 생길까 지나치게 걱정하거나
삶에서 작은 문제라도 생기면
해결될 때까지 반복적으로 생각하거나
타인의 작은 말 한마디에도 민감하게 반응하게 되는 사람.
그리고 자신의 힘든 것을 상대에게
잘 말하지 못하고 표현하지 못하는 사람.
그래서 외로운 사람은
항상 잘해야 한다는 생각이 지나치게
강한 사람이어서 그렇습니다.

잘해야 한다는 생각이 지나치게 강한 사람은
조금이라도 자신이 잘하지 못하는 상황,

다른 사람이 조금이라도 자신을 안 좋게 보거나
미워하는 상황을 마주하게 되면 마음이 크게 불안해져
애초에 불안한 상황을 만들지 않기 위해
항상 잘하기 위해 굉장히 노력하고
그렇게 하지 못했을 때 그만큼 자책이 심합니다.

단기적으로 봤을 때는
남들이 보기에 좋은 사람이 되거나
스스로 하는 일에서 잘하려고 하기 때문에
성장은 할 수 있을지 모르나 좋은 방식은 아닙니다.

왜냐면 성장해도 불안하고
다른 사람이 나를 좋게 바라봐도 불안합니다.
왜냐면 현재 속에서도 이미 잘하고 있는데도
계속 잘해야 한다는 생각에 불안하고
어떤 문제가 생길까봐 미래를 걱정하기에 불안합니다.

잘하기 위해 열심히 하는 게 잘못 되었다는 게 아니라
잘하려는 마음이 지나치게 강한 사람.
그래서 불안이 지나치게 크고 작은 문제에도
민감하게 반응하여 크게 불안해지고 힘들어지는
사람을 말하는 것입니다.
잘해야 한다는 생각이 지나치게 강해서 그렇습니다.

스스로 힘든데 왜 이렇게 반응하냐면….
항상 잘해야 하는 환경에서 자랐기 때문입니다.
자신이 잘하지 못하면 안되는.

그래서 항상 잘해야 한다는 생각에
스스로 지칩니다.

그리고 항상 잘해야 한다는 생각에
다른 사람에게 힘든 것을 잘 표현하지 못 합니다.
그래서 외롭습니다.

당신이 지금 이 글을 읽고 공감이 된다면
당신은 지금 완벽의 기준을 말하는 것이 아니라
(누구도 완벽 할 수는 없으니까요.)
이미 잘하고 있는 것입니다.
해결하기 어려운 삶의 여러 문제가
지금 있을 수 있겠지만

그래도 지금 당신은
누구보다 잘하고 싶은 마음으로
지금 잘하고 있는 것입니다.

행복이란 무엇일까

'행복이 무엇일까' 와
어떻게 하면 행복해질 수 있는지.
'막연히 나를 사랑하면 된다'
'나는 소중하다' 의 얘기가 아닌 실질적으로
지금의 내가 행복해질 수 있는 행복에 대한 이야기입니다.

행복이란 무엇일까?
누구는 행복이 맛있는 걸 먹는 것이라 하고
누구는 영화를 보는 것이라 하고
누구는 감동을 받을 때 감동적인 순간이라 하고
누구는 생각이 너무 많아 많은 생각이 들지 않을 때라 하고
누구는 돈을 많이 버는 것이라 하고
누구는 좋은 날에 산책을 하는 순간이라 하고
누구는 그냥 마음이 편안한 것이라고 한다.

이렇게 행복은 다 다르다.

그래도 이 모든 걸 통괄할 수 있는 행복의 정의는
내가 만나는 동안 '집중' 되는 것이다.
집중이 되면 우리의 마음은 편안해진다.

그리고 마음이 채워지는 느낌이 들고
집중이 잘될수록 우리는 그 시간 뒤에
시간을 잘 보냈다는, 좋은 시간이었다는 생각이 든다.
만족감이 드는 것이다.

내가 만나면 집중이 되는 사람을 만났을 때
내가 감동을 하는 순간에(그 상황에 집중이 되기에)
내가 즐거운 여행 장소에서 시간을 보낼 때
(좋은 만큼 그 시간에 집중이 되기에)
내가 만나면 집중이 잘되는 취미를 할 때 등등

평소 우리가 힘들어 하는 감정,
즉, 불안하거나 우울하거나 의욕이 없거나

화가 나거나 스트레스 받는 감정과는
완전히 반대의 상태가 된다.

내가 집중이 잘되는 것을 만날 때
우리는 불안하거나 우울하거나 의욕이 나지 않거나
화가 나거나 스트레스 받지 않는다.

그리고 현재가 행복하지 않을수록
사람은 과거를 많이 후회하고 미래를 많이 걱정하게 된다.
왜냐하면 현재 행복하지 못한 게
과거의 후회되는 일 때문이라 계속 생각하는 것이다.
정말 내가 그 일을 다르게 선택했으면
나는 정말 지금 행복할까?
아니면 또 다른 문제를 생각하느라 불행할까.

정답은 알 수 없다.

중요한 건 현재가 행복하지 않은 사람은
과거를 많이 후회하고
미래를 많이 걱정한다는 것이다.

그러나 현재가 행복할수록
즉, 현재에 내가 집중되는 무언가를 할수록
과거의 후회가 줄어들고 미래의 걱정이 줄어든다.
현재에 집중하며 현재를 살아가며
인생의 모든 시간을 통틀어 나에게 가장 소중한
현재에 집중하며
현재에 시간을 가장 가치 있게 쓰게 되는 것이다.

현재에 집중한다는 건 어떤 느낌일까?

예를 들면 영화관에서 영화를 본다고 하자.
영화가 내가 좋아하는 장르고 정말 재밌다면
나는 집중이 잘 되는 만큼 시간이 빠르게 흘러가고

그 시간이 즐겁게 느껴지고 마음이 채워지는 느낌이 든다.
그 시간 뒤에는 분명 시간을 잘 보냈다는 생각이 든다.
그것은 행복한 순간이다.
이 시간에 우리는
과거를 후회하거나 미래를 걱정하지 않는다.
지금이 좋기에.

그러나 반대로 영화를 보는데
정말 재미없고 집중이 안되는 것을 계속 본다고 생각해보자.
그럼 시간이 안가고 만약에 그 집중이 안되는 영화를
하루종일 봐야 한다면, 보는 내내 스트레스를 받게 된다.
그리고 재미없는 영화를 고른 과거가 후회되고
(현재가 행복하지 않으니)

만약에 재미없는 영화를 앞으로 계속 봐야 하는 것이라면
앞으로의 미래가 걱정 된다.

만약 그 영화를 1주일 동안 계속 봐야 한다면??
스트레스는 계속 커지고
불안한 마음이 계속 찾아오고 우울해진다.
만약에 그 재미없는 영화를, 보기 싫은 영화를
1년 동안 계속 봐야 한다면??
매일매일 우울하고 시간이 안가며
즐겁게 사는 다른 사람들이 더 눈에 들어오고
그렇게 살지 못하는 지금의 자신이 밉고
매일매일 만나는 내 하루가 싫어져
삶의 의욕이 사라질 수 있다.

그래서 행복이란
내가 좋아하고 재밌는 영화를 보는 것과 같다.
내가 집중되는 것을 만나는 것이다.

내가 정말 노력해도 집중이 안되는 것을
집중해야 된다는 생각으로 지속 하다보면

그 시간이 나에게 우울감을 준다.

우울감, 스트레스가 지속되면 사람은 불안이 찾아오고
불안이 커지면 사람은 극단적으로 행동하게 된다.
불안을 덮기 위해 그리고 극단적으로 행동 한 후
순간 극단적인 것에 집중이 되어
잠시 불안이 사라지지만
극단적 행동을 한 후 이내 불안은 또 찾아오고
그런 행동을 한 자신을 미워지거나 자책하게 된다.

내가 '집중' 이 된다는 건
내가 앞으로 계속 보고 싶은 것
내가 앞으로 계속 하고 싶은 것
내가 앞으로 계속 듣고 싶은 것
내가 앞으로 계속 가고 싶은 곳
내가 앞으로 계속 생각할수록 좋은 것
내가 그것만 하면

다른 생각들이 들지 않는 것을 만나는 것이다.

나는 그것을 사랑하는 것이다.
삶에서 내가 사랑하는 것이 있어야
나는 내 삶을 사랑할 수 있다.
나를 사랑할 수 있다.

사랑하는 건 지키고 싶어진다.
지키고 싶은 게 많을수록 사람은 힘이 난다.

무기력해지지 않는 것이다.

나를 사랑하는 것이 자존감이고
그래서 자존감이 높은 사람들은
자신이 사랑하는 것이 많이 있다.
자존감이 낮으면 자신이 사랑하는 것을 찾지 않거나
자신이 사랑하는 것을 찾기 위해 노력하더라도

지속적으로 노력하기가 어렵다.
몇 번 찾아본 후 잘 찾지 못 하는 자신을 만나면
미워하느라 지친다.

사람이 자신을 많이 미워하다보면
미워하는 마음이 커질수록 무기력해진다.
그럼 무기력해져 자신이 사랑하는 것을 찾기 위해
노력하지 않게 될 수 있다.

그리고 삶의 시간을 자신이 집중 할 수 있는 것보다
잘하는 것, 남들이 보기에 인정할 만한 것만 찾으려 하거나
타인의 시선에 자신을 가둬
타인의 판단 결과를 자신의 존재 자체로 받아들여
자신을 자주 미워하며 살아가게 될 수 있다.

그렇게 되면 자신이 집중할 수 있는 게 없거나 굉장히 적고
성과를 내야 하는 일만 가득하다.

인간관계도 자신이 집중이 되는 사람에게만
찾아가는 것이 아니라
타인이 자신을 어떻게 생각할까를
많이 생각해서 잘 보이기 위해
많은 사람과 관계가 좋아야 한다고 생각하기에
상처를 잘 참는다.

그게 아니라면 상처를 너무 많이 받다 지쳐서
이제는 쎈 척하거나 강한 척 할 수 있다.
내 마음 속 깊이 다가오지 못하게 선을 긋고
사람을 만날 수 있다.
그래서 나를 부정하거나 내 의견이 받아들여지지 않는
작은 말 한마디에도 크게 기분이 나빠지거나
마음이 상할 수 있다.
내 자신을 지켜야 한다는 생각이 강하기에. 그럼 외롭다.
즐거움을 나눌 사람은 있을지 몰라도
상처 받지 않기 위해 선을 긋기에

지친 마음을 나눌 사람은 없기에.
그래서 인간관계도 결국 그에게는 어려운 일이 되고야 만다.
우리는 누구나 이 세상에서
자신이 사랑하고 싶은 삶과
자신이 집중하고 싶은 삶을 만들어가도 된다.

그것이 나를 사랑하며 살아가는 것이기에
그것이 나답게 살아가는 것이기에
우리는 누구나 자신의 마음대로 사는 게 중요하다.
타인을 상처주지 않는 선에서.

물론 내가 좋아하는 것에는 책임도 따른다.
우리는 언제나 선택할 수 있다.
싫어하는 일을 할지 좋아하는 일을 할지.

좋아하는 일이
돈을 조금 준다면 당신은 다시 선택할 수 있다.

좋아하는 일을 돈을 조금 받으면서 할지
싫어하는 일을 돈을 많이 받으면서 할지
당신이 더 좋은 걸 선택하면 된다.

당신이 더 좋은 게
좋아하는 일도 하고 돈도 많이 버는 거라면
지금 선택지에는 없고,
그건 당신이 좋아하는 일을 선택하고
앞으로 만들어가야 한다.

누구에게 물어보지 말고
당신이 더 집중되는 삶을 선택하면 된다.

선택해보고 아니면 다시 다른 걸 선택하면 된다.
그렇게 내 행복을 찾아 나서는 게
나에게는 가장 중요한 일이 아닐까.
지금 자존감이 낮다면

싫어하는 영화를 보듯

매일 싫어하는 것만 바라보며

우울감, 불안감, 스트레스, 화에 갇혀서 살았다면

이제는 나에게 집중이 되는 영화를 보여 줄 때일지 모른다.

내가 만든 '나는 타인에게 좋은 모습만 보여줘야 해' 라는

스스로 만든 감옥에서 나와

부족하고 완벽하지 않은 모습이어도 상관하지 말고

내가 어떤 영화를 볼 때 집중이 되는지를 찾아야 한다.

그리고 그걸 찾고 내가 보게 해줄 때

나는 삶의 시간을 잘 보내고 있다는 느낌이 들고

현재에 집중하게 되어 미래의 걱정과 과거의 후회가 줄고

마음이 채워지는 느낌이 들며

편안한 마음이 될 거라 믿는다.

당신은 지금 행복한가?

행복은 지금 이 순간에 느껴지는 감정이라

완벽한 행복은 물론 존재하지 않는다.
항상 행복해야 한다고 생각하는 사람의
마음은 늘 불안할 수밖에 없다.

지금 행복해도 앞으로 행복하지 않을까 봐.
중요한 건 항상 행복한가가 아니라
내가 내 삶을 행복한 순간들로 채우기 위해
나아가고 있냐는 것일 것이다.
행복한 순간들이란 대단한 것만을 말하는 것이 아니다.

내가 만나면 집중되는 것이 무엇인지 알고
내가 하면 집중되는 것이 무엇인지 알고
내가 걸으면 집중되는 장소가 어디인지 알고
내가 먹으면 집중되는 것이 무엇인지 알고
내가 보면 즐거운 게 무엇인지 알고

내가 집중되는 것을 알고

내 삶의 시간을 채워 나가는 순간순간이 행복인 것이다.

더 많이 웃고
더 많이 즐거워하며
더 많이 설레며
앞으로 더 행복 할 수 있기를.

그동안,

혼자서 묵묵히 많은 일들을 해결해 오느라
고생 많았어요.

그때는 할 수 없고 지금은 할 수 있다

누군가 고민을 보내오면
배낭을 메고 사연을 찾아다니며
고민을 나누면서
전국을 여행한 적이 있었다.

여행하면서 다양한 사람을 만났다.
새로운 사람들과 대화를 나누고
일정이 같다면 같이 이동을 하기도 했다.

여행을 하며
그때의 온도, 그때의 날씨, 그때의 마음에
그 순간만 존재하는 풍경들을 담을 수 있었다.

그러던 중 제주도 어느 마을에서 한 사람을 만났다.

그 사람은 술을 좋아했다.
낮에도 밤에도 늘 술을 마셨다.

너무나 밝은 친구였고
이곳저곳을 돌아다니며
많은 이야기를 나누고
새로운 음식을 먹기도 하고
새로운 장소에도 가보며 좋은 친구가 되었다.

나중에 안 사실은 그 친구는 미처 말하지 못 할
힘든 일을 겪고 제주도에 온 것이고
이곳이 좋아 정착하려고 한다는 것이었다.
지금 생각해보면 그 친구는
맨정신에는 하루를 버티기 힘들었나 보다.
매일 술을 먹고 억지로 웃어야
마음속 깊이 숨겨 놓은 아픈 기억을
잠시 피할 수 있었던 것 같다.

마주한 아픔에서
진정 밝게 있을 수 있는 사람은 없으니까.

친구는 지금 제주도에 정착하여 살아간다.

나는 현재 바쁘게 산다.

이제는 작은 출판사를 운영하며
그리고 작가로서
강연가로서
가족을 챙기고
새로운 책을 쓰기도 한다.

생각해본다.

지금은 할 수 없는
그때는 하고 싶었던 것들을.

지금은 모든 걸 내려놓고
배낭을 메고 전국을 다닐 수도 없고

사연을 찾아다닐 수 없다.

시간적인 한계와 챙겨야 할 일들 때문에
새로운 사람들과 맥주를 마시며
살아온 이야기를 하고
지도에 나오는 곳이지만
가보지 않은 곳을 찾아다니기도 어렵다.

물론 지금도 하라고 하면 어떻게든 할 수 있지만
그때의 마음이 들지는 않는다.

지금 할 수 있는 건
늘 지금만 할 수 있다.

시간이 지나면 지금의 마음은
지금과 다를 테니까.

하지만 그게 슬픈 일만은 아니다.
지금은 지금 할 수 있는 일이 존재하기에.

지금 마음이 원하는 것을 충실히 들어주며
지금 할 수 있는 것들에 행동으로 답하다 보면
인생이 아름답게 채워진다는 것을 깨닫게 된다.

오늘을 어떻게 살고 싶은가?
주위를 둘러보면 빌딩숲이 높다.
까치발을 들어도 앞이 보이지 않을 만큼
빌딩은 높고 가만히 서 있으면
모두가 앞질러 가듯 빠르게 지나간다.

그래도

지금 마음이 정말 원하는 게 있다면
마음을 들어주자.

지금이 아니면
그때는 하지 못하는 그런 일들을.

그때는 할 수 없고
지금 할 수 있는 일들을.

2부

너무 참기만 하느라 지쳐버린 당신에게

좋은 연애를 위하여

사람은 저마다 자라 온 환경이 다르기 때문에
어른이 되어 모두 다른 장단점을 가지게 됩니다.

누군가는 밝고 사회성이 좋으며
누군가는 내성적이지만 생각이 깊고
누군가는 마음의 여유가 있지만
행동의 속도가 느리고 결정을 잘 못 하고
누군가는 마음의 여유가 없지만
행동이 빠르고 결단력이 좋은
고유의 성향을 가지게 됩니다.

그러나 우리가 매력을 느끼는 지점은
내가 가지지 못한 장점을 상대가 가졌을 때입니다.
나와 반대가 되는 사람에게 끌리게 됩니다.

예를 들어 내가 어릴 때 사랑을 많이 못 받아서

사랑에 대한 표현을 잘 못 하고 마음이 굳어 있다면
사랑에 대한 표현을 많이 해주는 사람에게
내가 청소를 잘 못하면 청소를 잘 하는 사람에게
내가 부지런하지 않으면 부지런한 사람이 멋있어 보입니다.

그래서 연애를 할 때 부딪히게 되는 경우가
나와 반대인 사람의 매력에 끌려 연애를 시작했다면
나와 반대여서 내가 좋아하는 점이 있는 반면
나와 반대여서 나와 안 맞고
그런 점이 시간이 지나 보이기 시작합니다.

그때 다투게 됩니다.

나와 반대여서 끌렸지만
그 사람의 안 좋은 점들이 내가 생각하는 것과 달라
이해하기 어렵고 다투게 되는 것입니다.
그럼 어떤 연애가 좋은 연애가 될 수 있을까,

사랑의 유효 기간을 늘릴 수 있을까 생각해보면
상대를 위해 변하고 싶은 의지가 있을 때
좋은 관계가 됩니다.

누구는 삼각형이고 누군가는 네모일 때
삼각형과 네모의 고유 성질은
어릴 때 정해져 변하기 쉽지 않습니다.
그러나 삼각형과 네모가 함께 하면서
서로 찌르고 상처를 주고받지 않게
서로의 모난 부분이 서로에게 맞게 깎여야 합니다.

이때 어렵고 힘들지만
깎일 마음이, 변하고 싶은 의지가
서로에게 있느냐에 따라
서로에게 주는 상처가 줄어들고
함께 할 수 있게 됩니다.

그러나 한쪽이라도 스스로 변하고 싶은 의지가 없으면
타인이 나에게 맞춰주기만 바란다면
그 연애는 상처뿐인 연애로 끝나게 될지 모릅니다.

사람은 누구나 좋아하는 사람을
자신과 닮아가게 하고 싶은 욕심이 있습니다.
그래서 상대방에게 욕심냅니다.
상대방이 내가 원하는 모습으로 바뀌어주기를.
그러나 내 욕심이란 걸 인지해야
좋은 관계를 유지할 수 있습니다.

나는 상대에게 나와 다름에 매력을 느끼고 사랑하게 되었습니다.
그런 상대를 나와 같게, 내가 원하는 대로 바꾸려 하는 건

상대가 내 곁에 오래 있게 되자
내가 욕심내는 것일 수 있습니다.
이 욕심을 스스로 인정하고 조절해야만

좋은 사랑을 할 수 있습니다.

지금 만나는 사람을
사랑하는지 사랑하지 않는지 알 수 있는 방법은
내가 그 사람의 아픔에 관심이 있는가와
그 사람의 아픔을 내가 함께 짊어지고
나누고 싶은 마음이 있는가를 보면 알 수 있습니다.

그것에 관심이 없다면
나는 그 사람을 진짜 사랑하는 것이 아닙니다.

진짜 사랑하지 않으며 내가 좋음을 못 느끼는 연애를 하면
연애를 지속할수록 오히려 자존감이 낮아질 수 있습니다.

내가 만족감을 느끼지 못하는 시간이 지속되기 때문에
내가 삶을 잘 살아가고 있다는 생각이 들지 않고
자신을 미워하게 될 수 있습니다.

우리는 각자의 성향이 있고
우리는 다름에 끌립니다.

그러니 이 세상에 매력 없는 사람,
쓸모없는 사람은 없습니다.

누구나 자신의 성향이 있고 우리는 반대에 끌리기에
분명히 내 성향을 사랑하거나
좋아하는 사람도 있습니다.
없다면 분명 아직 못 만났을 뿐입니다.

이별했거나 아직 사랑할 사람을 만나지 못했다면
나만의 고유의 매력이 있다는 사실을 믿고
나도 누군가가 자신의 전부를 걸 만큼
사랑받을 수 있는 사람이고
나만의 매력이 있는 사람이란 걸
기억 할 수 있었으면 좋겠습니다.

그리고 당신이 누군가와 사랑하고 있다면
하루하루 셀 수 없이 많은
예쁜 사랑을 이어갈 수 있었으면 좋겠습니다.

타인을 내 마음대로 하려는 마음

타인을 자꾸 내 마음대로 하려고 할수록
서운해지고 속상해집니다.

상대가 나에게 연락을 자주 안 하든
상대가 나보다 다른 친구를 더 찾든
상대가 나와 약속을 잘 잡지 않든
그런 상대를 바꾸려 할 필요는 없습니다.

상대를 소중한 사람이라 생각한다면
그 사람이 잘 되길 바라고 진심으로
응원해주고 걱정해 주면 됩니다.

내가 보고 싶으면 찾아가고
그 사람이 바빠서 못 보면 전화하고
전화해도 그 사람이 여유가 없으면
다음에 전화하면 됩니다.

이 모든 게 나를 위해서 하는 것이어야 합니다.
내가 그렇게 하면 좋은가?

상대가 나한테 그렇게 해주어야 한다고
생각하는 건 내 욕심일 수 있습니다.

상대는 그러지 않을 수도 있는 성향의 사람이고
성향뿐만 아니라 여러 이유가 있을 수 있습니다.

내가 그렇게 하고 싶은가?
그럼 그렇게 하면 되고
상대한테 바랄 필요 없습니다.

상대를 바꾸려 하니 내가 지치고
상대가 바뀌었으면 하니
미워지는 것이기 때문에.

상대는 정말 특별한 일이 일어나지 않는 이상
성향이 잘 바뀌지 않습니다.
내가 바꾸려 하면 할수록 상대는 멀어집니다.
내가 그 사람이 바뀌지 않아도
그 사람 곁에 가까이 있고 싶나요?

아니면 먼 관계의 사람이 되고 싶나요?
아니면 인연을 끊고 싶은가요?

내가 나를 위해 선택하면 됩니다.

그러나 상대방이 바뀌지 않아도
있는 그대로 받아 준다면
시간이 지날수록 내게 오지 말라고 해도
나를 자주 찾을 것입니다.

왜냐면 사람은 누구나 자신을 인정해주는

사람 곁에 있고 싶어 하고
만나고 싶어 하기 때문에

우리는 누군가에게 인정받을 때
자신이 잘 산다고 느낍니다.

물론, 있는 그대로 받아 주었더니
완전히 멀어져 아예 볼 수조차 없는 사람이 되었다면
그대로 떠나보내면 됩니다.
그 사람은 언젠간 분명
나를 떠날 사람이었을지 모릅니다.

내가 그 사람을 좋아하는 만큼
상대방이 좋아하지 않는다고 자책할 필요는 없습니다.

어차피 내가 상대방을 좋아하는 건
그 사람을 위해서가 아니라

내가 그 사람에게 잘해주면 내가 좋으니까
나를 위하는 것입니다.

그러나 상대방도 나를
내가 좋아하는 만큼
좋아해야 한다고 생각하는 건 내 욕심입니다.

상대방은 내버려 두세요.
그래야 내 마음이 편하고
더 좋은 관계를 유지 할 수 있습니다.

상대방을 있는 그대로 만날 때
나를 좋은 사람으로 기억하고
나를 점차 더 많이 찾아오게 됩니다.

그것이 서로에게 좋은 관계가 아닐까 생각합니다.

나에게 가장 큰 서운함을 주고
나에게 가장 큰 기쁨을 주는 사람이 있다면
그 사람은
내가 제일 사랑하는 사람이어서 그렇습니다.

연인들이 자주 싸우는 이유

상대방이 내 마음을 알아줬으면 하는 마음.

상대방에게 서운한 이유는
내 마음을 몰라주는 언어와 행동을 했기 때문입니다.

그럼 서운하고 화가 납니다.

그래서 상대방에게 기분 나쁜 말투로 말을 하거나
상대의 행동을 지적합니다.

그리고 상대방의 행동이 문제라고 얘기하며
잘못되었다고 말합니다. 고쳐야 한다고.

그럼 상대가 '아, 그랬어? 내가 잘못했어' 라고 하면
다행이지만 그럴 사람은 아마 거의 없을 겁니다.

그래서 싸움이 시작 됩니다.
상대도 자신의 생각이 있어서
말과 행동을 한 거고
그런 자신의 행동과 언어가 잘못되었다고
지적당하니 기분이 나쁩니다.

한 사람은 상대방이 자신의 마음을 몰라주는
말과 행동을 해서 기분 나쁘고

다른 한 사람은 문제라고 생각하지 않고 말했는데
자신의 말과 행동이 문제로 지적되어
상대방이 바꿔야 한다고 하니
이해가 안가고 화가 납니다.

그럼 두 사람은 서로 대화가 안 된다고 생각합니다.

이렇게 된 이유는

애초에 대화 자체가 내가 "옳아" 너는 "틀렸어" 라고
지적하고 상대를 바꾸려 했기 때문입니다.
상대는 틀리지 않았습니다.
그리고 나는 옳지도 않습니다.

각자의 방식으로 각자의 생각을
얘기한 것뿐입니다.

그러니 서운한 상대에게 대화를 하려면
내가 옳아 너는 틀려라고 하면 절대 대화가 되지 않고
싸움만 되고 답답하기만 하며
만약 싸움이 반복되면 나중에는 대화조차 하기 싫어집니다.

그래서 애초에 내 마음을 몰라 준 상대방에게
대화를 할 때 내가 옳고 너는 틀렸어가 아니라
나도 옳지 않고 너가 틀리지도 않아.
라는 생각으로 대화를 해야

부정적인 표정과 목소리 톤으로 말하지 않습니다.

이렇게 부정적인 표정과 목소리 톤으로 말하는 것 자체가
내가 옳고 너는 틀렸다는 암묵적인 언어입니다.
그러니 옳고 그름이 없다는 걸 인지하고
상황만을 얘기해야 합니다.

너는 무슨 의미로 말한 거야?
그럼 상대가 말하면 '아, 그랬구나.' 라고 한 뒤
내가 '그게 싫으면 그렇게 하지 말아 달라' 라고 부탁해야 합니다.

아 그렇구나 근데 내가 그 행동은 마음이 조금 그랬는데
다음에는 그렇게 하지 않아 줄 수 있겠어?

내가 옳아 네가 틀렸어의 억양이 아니라
내가 부탁하는 것입니다.
누구도 옳고 그름이 아니란 걸 인지 해야 합니다.

각자의 생각을 말했을 뿐이고
내가 그게 싫으니 부탁하는 것입니다.

그럼 상대가 부탁하는데도
난 너에게 상처를 줄 거야. 그냥 내 마음대로 할 거야.
이러면 사실 그냥 피하는 게 상책입니다.
이상한 사람이거든요. 정말.
정말 이기적인 사람이거나.

그러나 대부분 부탁하면 들어줍니다.
왜냐면 상대가 싫다는데
굳이 그렇게 말하고 행동할 이유도 없거든요.
그리고 함께 있으면서
분위기만 안 좋게 되고 서로가 피해자가 되니깐
그러니 내 마음을 상대가 몰라 서운하다면
이렇게 대화해보길 추천합니다.

물론 굉장한 노력이 필요하지만
매일 싸우는 것보다는 훨씬 마음이 쉬울 겁니다.

계속 내가 서운하니 나만 옳아 너는 틀려라고
생각하는 사람은 자신만 생각하는 사람입니다.

당신이 옳지 않습니다.
당신이 틀리고 상대가 옳을 수도 있습니다.
그러니 애초에 옳고 틀리고는 없습니다.

정말 법에 어긋나고
도덕에 어긋나는 행동을 한 게 아니라면.

내 기분에 따라

내 기분에 따라 상대를 대하는 건
상대를 함부로 대하는 것과 같습니다.
내가 기분이 좋으면 잘해주고
내가 기분이 안 좋으면 금세 안 좋게 대하고.

내가 기분이 나빠 상대를 안 좋게 대하는데
상대가 이것을 받아줘야만 나를 아껴 준다 생각하면
상대는 늘 참고 내 기분만 맞춰 주어야 합니다.

반대로 상대가 기분 나쁠 때마다 나에게 짜증내고
안 좋게 대하면 나는 앞으로 계속 받아 줄 수 있나요?
서로가 짜증내지 않고
내 기분대로 상대를 대하지 않도록 노력하는 것이
서로가 진정 아껴주는 것이고 상처주지 않는 것입니다.

내게 좋은 사람일까 아닐까

사람은 오래봐야
그 사람을 어느 정도 알 수 있습니다.
본인이 기분이 좋을 때
맛있는 걸 먹을 때
상대방이 넘치도록 잘해 주고 배려해 줄 때는
누구나 다 좋은 사람이 됩니다.

우리는 내가 기분 좋을 때
나한테 잘해주는 사람에게
잘 대해주는 건 어렵지 않습니다.

그러나 그 모습만 보고 그 사람이
좋은 사람이라고 말할 수 없습니다.

살다 보면 내가 상황이 힘들고 어려워져
혼자의 시간이 필요하기도 하고

정신없이 일에 치여
그 사람을 못 챙겨 줄 때도 생기기 마련이며

내가 여유가 없어 함께 맛있는 것을 못 먹을 때도 있고
내가 다른 일로 너무 우울해서
항상 기쁘게 못 해줄 수도 있습니다.

내가 그 사람이 힘들 때 필요한 걸 챙겨주지만
내가 힘들 때 그 사람이 나의 필요한 걸
챙겨줄 수도 있습니다.

그러나 이때 그 사람이 좋은 사람인지 아닌지
알 수 있는 모습이 나옵니다.

자신의 기분이 좋지 않아도 때론 맛있는 걸 못 먹어도
때론 내가 잘해주지 못하고 배려해 주지 못해도.

그때 그 사람이 어떤 모습으로 나오는지가 중요합니다.

상대방의 상황은 생각하지 않고 자신이 힘들다고
무조건 서운해 하고 자신만 이해해주길 바란다면
그 사람은 당신이 그 사람이 원하는 걸 들어줄 때
충족시켜 줄 때만 좋은 관계를 맺을 수 있습니다.

그럼 시간이 지날수록 내 마음이 힘들어질 수 있습니다.
나에게 좋은 사람이라 보기는 어렵습니다.

상대가 나에게 서운해 하면 안 되고
화를 내면 안 되는 것이 아니라
함께하다 보면 그럴 수도 있겠지만
어려운 상황에서 그렇게 하지 않으려고 하는 사람과
어려운 상황에서는 그럴 수 있고 그래야 된다고
생각하는 사람은
완전히 다른 사람입니다.

당신이 힘들 때
잘 챙겨주지 못할 수도 있지만
그때 그 사람이 당신을 어떻게 대하는가가
당신에게 좋은 사람인지 아닌지
알 수 있는 방법이라 생각합니다.

자신의 일에 대한 신념

택시를 타는데 가까운 거리여서
기사님이 엄청 짜증을 내셨다.
'아이씨' 라고 하시는 것 같았다.

운전을 빠르고 험악하게 하셔서
택시 내부의 공기가 차가워지고
뒤에 탄 나는 마음이 불편해졌다.

내가 잘못한 게 무엇인가 생각해보니
없어서

여쭤봤다.
왜 기분이 나쁘신가요? 제가 무엇을 잘못했나요?
그랬더니 가까운 거리여서 그렇다는 것이다.

그래서 내가 반대로

그럼 걸어갈 거리가 아닌데 어떻게 갈까요?
라고 물으니 아무 말도 안 하셨다.
만약 제가 기사님의 자녀여도 똑같이
택시 타지 말라고 하실 거냐고 물으니
상황에 따라선 탈수도 있다고 다시 말씀하시는 것이 아닌가.

그래서 그냥 말을 더 잇지 않았다.
어떤 말을 해도 불리하면 바꾸실 것 같아서.

우리는 자신이 하는 일에 신념을 가져야 한다.
자신이 어떤 이유에서든 하기로 선택한 일이라면.

자신이 선택해 놓고 마음에 들지 않으면
그만두고 다른 일을 하면 된다.
지금 그 일을 그만 둘 마음이 없다면
선택한 일을 내 일로써 열심히 해야 한다.

그렇지 않으면
그 사람은 일을 할 때마다 까칠하고 부정적인 사람이 되고
그 사람 주변사람과 그 사람에게 서비스 받는 사람은
피해자가 될 가능성이 크다.

불행을 자초하는 선택 3가지

1. 나에게 상처 주는 사람을 계속 만나는 것.
2. 자신만 생각하는 사람을 계속 만나는 것.
3. 말을 함부로 하는 사람을 계속 만나는 것.

내가 좋아하는 것

내가 무언가를 좋아하는지 아닌지 알고 싶다면
그것을 할 때 쓰는
시간과 돈이 아깝지 않은지 생각해봐야 합니다.

아깝지 않다면
나는 그것을 많이 좋아하는 것입니다.

그것이 사람이든 장소든 무엇이든.

사람은 좋아하는 것을 많이 만날수록
우울함, 무기력, 외로움이 극복됩니다.

말

말을 아끼는 것이 가장 좋다.
우리가 하는 후회 중 가장 큰 후회는
그 말을 하지 말걸과
그렇게 말하지 말걸이기 때문에.

상대방에게 자주 서운해지는 이유

상대방이 정말 문제가 있는 사람이거나
내가 바라는 게 많은 사람이어서 그렇습니다.

정말 문제가 있는 사람인 것 같으면
그만 만나는 게 제일 좋을 수 있습니다.
연애는 평생을 약속한 게 아닌
서로가 평생을 함께할 수 있을지 알아보는 기간입니다.

평생을 함께하기로 약속했다고 해도 내가 만나다 보니
함께 했을 때 평생 행복하지 않을 것 같다면
함께해야 할 이유는 없습니다.

그러나 내가 바라는 게 많은 사람이라면
내가 바뀌어야
좋은 사람과 함께 할 수 있습니다.

내가 바라는 게 많을수록
상대에게 자주 서운합니다.
서운하면 안 좋은 억양으로 말하게 되고
상대는 마음이 상합니다.
물론 상대가 정말 나를 힘들게 하는 부분이 있어서
그걸 고쳐주길 바랄 수는 있습니다.

그러나 여기서 말하는 건
내가 상대에게 매일 서운하고 늘 바라는 사람.
그래서 상대에게 자주 짜증내거나
안 좋은 말투로 말하는 사람입니다.

이런 사람일수록
꼭 상대는 나에게 말을 예쁘게 해주길 바랍니다.

말은 되돌아오는 것입니다.
내가 먼저 예쁘게 하지 않으면서

예쁜 말이 돌아오길 바라는 건 욕심이며
다른 사람에게 상처 주는 마음가짐일 수 있습니다.

내가 바라는 게 많은데
그래서 자주 서운하고
자주 짜증 내는데
그걸 다 받아주는 사람이 좋은 사람은 아닙니다.
왜냐면 그런 사람은 없습니다.
단기적으로는 그럴 수 있겠지요.

그러나 장기적으로
내가 계속 보이지 않게 상처 주는데
그걸 평생 받아주면서 함께할 사람은 없습니다.

대다수의 사람들은 자신이 존중받으면서
함께 살아가길 원합니다.
시도 때도 없이 상대방의 짜증을 받아주면서 살기보다는.

나는 상대방에게 어떤 사람인가요?
하나 확실한 건 상대가 지금 내 짜증을 받아줘도
나의 서운함은 앞으로 계속 계속될 것입니다.

상대가 받아준다고 해도
나는 계속해서 자주 못마땅할 것이며
계속해서 자주 바라게 될 것이고
나는 서운해하며
서운한 투로 상대의 기분을 상하게 할 것입니다.
그럼 나는 누굴 만나든 행복할 수 없습니다.

장기적으로 나에게도 좋지 않습니다.

내가 항상 짜증에 차있다면
그래서 만약 내가 그런 사람이라면
나를 위해서 그리고 오래 함께 하고 싶은
사랑하는 사람을 위해서 바뀌는 게 좋습니다.

내가 상대를 계속 존중하면
상대도 나를 존중하고 싶어집니다.

물론 그렇지 않은 사람도 있겠지만
수많은 사람들 중에 굳이
그렇지 않은 사람과 함께할 필요는 없습니다.
나는 어떤 사람이고
어떤 사람이 되고 싶은가요?

연애를 통해 성숙해지는 사람

연애를 하면 성숙해지는 사람이 있고
성숙해지지 않는 사람이 있습니다.

두 사람의 차이는
성숙해지는 사람은 연애를 하다 문제가 생겼을 때
자신을 돌아보는 사람입니다.

물론 자신을 돌아본다는 건
스스로 마음이 편안한 시간만은 아닙니다.
후회도 하고 자책도 하면서 마음을 다잡는 시간입니다.

'다시는 같은 실수를 하지 말아야지'
'다시는 그러지 말아야지'

물론 사람이다 보니 다음에 또 다른 실수를 할 수도 있겠지만
자신을 돌아보며 문제를 개선해 나갑니다.

그건 자신의 문제를 개선해 나가면서
좋은 사람이 되는 것이
자신을 위한 것이라고 생각해서이지
상대방보다 약자여서가 아닙니다.

그러나 연애를 하면서 성숙해지지 못하는 사람은
문제가 생기면 상대방만을 탓하는 사람입니다.

상대방 때문이고 상대방이 나에게 그렇게 행동하지 않았으면
자신도 안 그랬을 것이고 늘 상대방이 문제라 생각하며
자신의 문제는 작게만 생각하거나 아예 돌아보지 않습니다.

그래서 상대방이 내가 말하는 대로 받아들이지 않으면
화를 내거나 짜증을 냅니다.
시간이 지날수록 이런 사람은
상대방에게 서운함만 늘어갑니다.

연애는 끊임없이 자신을 돌아봐야 합니다.
혼자 걷는 것이 아니라 함께 걷는 것이기에.
우리는 혼자 있으면 자신의 문제를 알 수 없지만
함께하다 보면 자신의 문제를 마주하게 됩니다.

그때 남 탓으로만 돌릴지 내가 내 문제를 찾아 개선해 나갈지
선택 할 수 있습니다.

장기적으로 보았을 때 그리고 내가 좋은 사람이 되기 위해
내가 내 문제를 수정해 나가는 것이 꼭 필요합니다.

지금 만나는 상대방이 자신만 생각한다 해도
그건 별로 중요하지 않습니다.

싫으면 내가 안 만나면 되니까요.

그러나 지금은 만나고 싶다면

나는 내 문제에 더 집중하면 좋습니다. 나를 위하여.

상대방이 계속 남만 탓하는 사람이라면
자신의 문제를 바꾸지 않은 채 살아가는 사람이라면
본인에게 가장 안 좋은 것입니다.
성숙해지기 위해서
우리는 타인의 마음과 나의 행동에 집중해야 합니다.

내 마음만 생각한다면 좋은 사람을 놓치게 됩니다.
사랑이 미안함으로 끝나지 않게
우리는 사랑할 때 더 많이 잘해주어야 합니다.

안 맞다 생각하는 관계도
끝까지 최선을 다해봐야 한다.
그래야 후회 없이 끝낼 수 있다.

가장 외로운 사람

상처가 많은 사람일수록 외롭습니다.
왜냐면 자신의 모습을 많이 감추기 때문입니다.

남들이 보기에

화도 내지 않고
슬퍼하지도 않으며
항상 긍정적이고
속상해도 아무렇지 않은 척하고
남들에게 기대지 않으며
열심히 살고
남들의 힘든 걸 도와주려 하고 배려해 주기만 하는 사람.
그 사람은 자신의 힘든 걸 감추는 사람일 수 있습니다.

왜냐면 자신은 타인에게 잘해주면서

자신은 상대방에게 힘든 이야기를 하거나 기대었다가
상처 받은 경험이 있어 감추는 것도 있고
자신이 그냥 '나' 다운 내 모습이 아니라
다른 사람이 보기에 좋은 모습일 때만
다른 사람이 자신을 많이 좋아해 주었다면
그것이 그 자체로 상처가 됩니다.

그래서 이런 사람은 정말 힘들 때
기댈 사람이 없다고 생각하여

힘들수록 더 혼자가 되려고 합니다.

외로운 사람은 친구가 많아진다고
외로움이 사라지지 않습니다.

자신을 누가 칭찬해 준다고
진정한 외로움이 사라지지도 않습니다.

다만 누군가가 자신의 이야기를 끝까지 다 들어주고
공감해 준다면 외로움이 사라지고
잘하지 못했을 때
고생했다고 안아주면 외로움이 사라지고
부족한 점을 지적하지 않고
좋은 점을 많이 얘기하면 외로움은 사라집니다.

상처가 많을수록
누군가와 깊게 같은 편이 되기 어려워 외로운 것입니다.

그러나 위에서처럼 해준다면
'내 편이다, 같은 편이다'
생각이 들어 외로움이 사라집니다.

감정이 기복이 심하면

감정기복이 심하면
사람이 금세 지칩니다.
마음이 오르락내리락 하는 감정을 따라 다니느라
스스로도 너무 불안하고 힘듭니다.

감정 기복이 심한 원인은
내가 사람들에게 좋은 모습만 보여주려는 마음이 큰 사람
가면을 많이 쓰는 사람의 경우입니다.

가면을 벗기 위해서는
우선 내가 나 자신을 좋아해야 합니다.
나 자신을 좋아하기 위해서는
내 마음이 좋을 것 같은 일을,
내가 즐거운 일을 찾아 시도 해봐야 합니다.
그걸 찾고 시도할 때
그 지점에서 내 모습이 좋아지고

가면을 벗고
사람들에게 내가 좋아하는
내 모습을 보여주게 됩니다.
그럼 감정기복은 줄어듭니다.

감추는 모습이 줄고
보여주고 싶은 모습이 늘기 때문에.

나에게 잘 맞춰주는 사람

나에게 맞춰 주는 사람을 오래 만나다 보면
내가 하는 게 다 좋아서 맞춰 주는 것 같지만

실은 자신이 좋아하는 것을 하지 않고
나에게 양보해준 게 훨씬 많습니다.

그래서 당연한 것에도 고맙다고
습관처럼 자주 말해준다면

양보해주는 입장에서는
훨씬 의미를 느끼고 기분이 좋아져서
더 오랫동안 좋은 관계를 유지할 수 있습니다.

불안한 순간

좋아하는 사람이 멀어지고 있다고 느껴질 때.

기대했던 일이 아무리 노력해도 나아지지 않을 때.

해야 할 일이 잘할 수 없는 일이라 느껴질 때.

모든 사랑에 끝은 있다

내 모든 걸 주어도 아깝지 않았던 사람이
어느덧 서로에게 소홀해지며
계속 함께 할 수 있는 사람일까…. 라는 의심이 들다가
어느덧 제일 미운 사람이 되고
서로가 맞지 않는다는 걸 서서히 느껴가며
이별을 말하고
사랑이 끝나기도 한다.

또 오랜 세월 함께 살아 온 부부는
다툴 때도 있었지만
서로를 많이 의지하며 많은 추억을 함께 만들어오다가
한 사람이 먼저 세상을 떠나게 될 수 있다.

그 외에도 사랑의 끝은 찾아온다.

오래 기르던 강아지가 세상을 먼저 떠나기도 하고

어릴 때 항상 내 편이셨던 할머니 할아버지도
어느새 내 곁을 먼저 떠나게 되고.

그리고 언제나
나를 제일 걱정해주고
나를 제일 사랑해주며
어릴 때부터 나에게 많은 잔소리를 해오시던
사랑하는 부모님도 시간이 지나 언젠가는
내 곁을 떠나게 된다.

그래서 영원 할 것 같았던 모든 사랑에는
끝이 찾아온다.

그래서
사랑한다면

내가 조금 더 이해하고

내가 조금 더 사소한 것에 관심을 가져주고
내가 조금 더 희생하며
내가 조금 더 그 사람을 따뜻하게 바라보고
내가 조금 더 그 사람을 안아주고
내가 조금 더 시간을 내어
그 사람이 있는 곳에 조금 더 자주 찾아가고
조금 더 오래 함께 걷고
조금 더 많은 대화를 나누어야 한다.

그럼 우리의 사랑이 끝나더라도
우리는 좋은 기억을 더 많이 가져가게 될 것이다.

각자의 마음속에.

사랑은 희생이란 단어를 동반한다.
내가 희생하고 싶은 사람을 만난다는 건
인생에서 손해가 아니라

나에게 축복이고 가장 기쁜 일일 것이다.

그래서 사랑한다면 사랑하는 만큼
그 사람을 위해 희생할 준비가 필요하다.

나중에 당신의 사랑이 덜 슬프게.
그리고 더 아름답고 좋은 추억으로 끝나기 위해.

이별은 슬프지만
이별 후 후회는 더 가슴 아프다.

사진을 모으는 사람은
추억하기를 좋아하는 사람이다.

풍경을 좋아하는 사람은
그동안 바쁘게 달려온 사람이다.

사람을 좋아하는 사람은
사람으로 가장 큰 행복을 얻는 사람이다.

외로움을 티 내지 않는 사람은
외롭다고 말하는 사람보다 더 외로운 사람이다.

상대방을 기다릴 줄 아는 사람은
마음에 좋은 향기가 가득한 사람이다.
사람은 사람을 통해 배우고
사람을 통해 자신을 돌아보게 된다.

당신이 지금 어떤 사람인지는 별로 중요하지 않다.
당신이 어떤 사람을 좋아하는지
그리고 스스로 어떤 사람이 되기를 원하는지가
더 중요하다.

가을 아침의 청량함을 느끼고

봄의 냄새를 맡고

여름의 낮과 밤의 달라진 온도로 기분이 좋을 수 있고

겨울에는 작은 온기가 더욱 크게 느껴진다는 걸 알아

다른 사람에게 나눠 줄 작은 온기를 마음에 담아 두는

사람이라면

계절을 느끼고 바라보며

자신의 마음을

행복으로 채우기 위해 노력하는 사람이다.

누군가를 진심으로 사랑했던 경험은

평생에 있어 아름다운 추억이 된다.

외로운 이유

혼자서 너무 많은 사람들을 생각하고
배려하느라 지쳤기 때문에

내가 내 감정에 솔직하지 못하기 때문에

나 자신이 스스로 보기에 별로이기에

내가 사람들과 잘 못 어울린다고 생각하기에

누군가 다가오면 거리를 두고
나도 어느 이상은 늘 다가가지 않기 때문에

많은 사람에게도 계속 사랑 받으려하기 때문에

말하지 않고서 누군가 내 마음을 알아주길 바랄 때

사람은 외로워집니다.

자꾸 신경질적으로 변해가는 이유

내가 오랫동안 못 쉬어서
지쳐서 예민해졌거나

내가 그동안 살아오면서
신경질 내지 않고 좋게 얘기 했을 때
아무도 내 이야기를 귀담아 들어주지 않았거나

2가지 상황 모두일 때 그렇습니다.

예를 들어 내가 허기진 상태인데 햄버거를 좋아하는지 알고
햄버거를 스스로 만들어 먹을 수 있는 사람이라면

다른 사람이 나에게 상추를 주든 빵을 주든
그런 게 별로 중요하지 않게 됩니다.

왜냐면 나는 이미 무언가를 받지 않아도 좋거든요.
내가 스스로 내 허기를 채울 수 있으니까.

내가 허기진 상태에서 햄버거를 좋아하는지 알고
스스로 만들어서 먹을 수 있다면
나는 타인이 나에게 무얼 주든 안 주든
그게 지금 내 햄버거보다는 중요하지 않게 됩니다.

그런데 만약 내가 스스로
내 허기를 채울 수 없는 사람이라면

다른 사람이 주는
아주 작은 상추와 아주 작은 빵이 엄청나게 크게 보입니다.
엄청 중요하게 생각되어
그게 별로 맛이 없어도 그게 중요합니다.
왜냐면 나한테는 그것뿐이니까요.

그래서 상추를 많이 받기 위해
그 사람에게 지나치게 잘해줍니다.
그러나 상추를 받으면 상추를 받을 때
잠시 좋고 이내 불안해집니다.
상추를 앞으로 받지 못하게 될까 봐.

그러다 내가 잘해주었는데도
상추를 받지 못하게 되면
제일 좋았던 사람인데 제일 미워집니다.
아주 밉고 서운하고
내 마음을 몰라주는 것 같아 너무 화가 납니다.

외롭고 공허합니다.

인연을 끊어내야겠다고 생각하지만
삶에서 이런 일들이 반복되면
인간관계가 어렵다고 느껴집니다.

그러다 결국
'나는 인간관계를 못 하는 사람이야' 라고 생각해서
자존감이 낮아지고 자신을 미워하게 됩니다.
그래서 인생에서 내 허기를 내가 채울 수 있는 건

굉장히 중요합니다.

(물론 여기서 허기란 진짜 배고픈 걸 말하는 게 아니라
만족감이라는 감정입니다.)

그럼 앞으로 어떻게 내 허기를 채울 수 있을까요.

일단 내가 햄버거를 좋아하는지
또는 무엇을 좋아하는지 알아야 합니다.

그런데 내가 무엇을 좋아하는지 모르면
내 허기를 채울 수 없습니다.

대개 완벽해야 한다고 생각하고
타인의 시선을 많이 의식하는 사람
눈치를 많이 보며 자란 사람은
자신에게 실수와 실패할 기회를 주지 않습니다.

이게 무슨 말이냐면 내가 햄버거든 무엇이든
좋아하는지 알기 위해서는
이것저것 다른 것도 먹어봐야 알 수 있는 것입니다.

이것저것 먹다 보면 내가 안 좋아하는 게 무엇인지 알게 되고
그 시간을 거쳐

내가 좋아하는 게 햄버거구나 알게 되는 것입니다.

만나 봤는데 만약 내가 좋아하는 게 아니었다면
그것은 실수와 실패의 시간입니다.

내가 뭐를 좋아하는지 모르는 사람에게는
많은 것을 만나며
스스로에게 많은 실수와 실패할 기회를 주어야 합니다.

그것이 내가 좋아하는 걸 찾을 수 있는 방법입니다.
그러나 나에게 이런 기회를 주지 않으면
나는 다른 사람이 시키는 것만 하면서 살아가게 됩니다.

그럼 행복하지 못합니다.

실수와 실패할 기회를 주다 보면
내가 좋아하는 게 햄버거인지 무엇인지 알게 됩니다.

그리고 그렇게 스스로 허기를 채울 수 있는 사람은
타인의 시선에서 자유로워집니다.

완벽하게는 아니지만 세상에 완벽한 건 없으니까.

내가 내허기를 스스로 채우는 사람이 되면
더 이상 누구의 말이나 누가 나를 어떻게 바라보는가는
별로 중요하지 않습니다.
인간관계에 지나치게 집착하지 않게 됩니다.

그들이 하는 말이나
그들이 나를 어떻게 바라보는지가 크게 중요하지는 않습니다.

왜냐면 나는 그들이 나를 어떻게 바라봐야 행복한 게 아니라
내 허기를 내가 채울 수 있다면
나는 이미 만족스럽고 이미 행복하거든요.

내가 내 허기를 채움으로써
내 인생에서 중요한 것이 바뀌는 것입니다.
타인의 시선이 아닌
나에게 더 큰 만족감을 주는 햄버거로써.

계속 타인의 시선에 갇혀 힘들다면
주변의 작은 말 한마디도
나에게 크게 들려 늘 상처받는다면
타인의 시선을 의식하지 말아야지
라고 생각하며 자책하지 마세요.

지금은 의식할 수밖에 없습니다.
내가 지금 내 허기를 채울 수 없다면.
그러니 자책하지 말고 그냥 의식하세요.
'아, 의식이 되는구나' 라고 이렇게 나를 받아들여 보세요.

아, 나는 의식하는 사람이구나.

그리고 이제 허기를 채우는 데 시간을 한번 써보세요.
나에게 실수와 실패할 기회를 줘서
햄버거를 찾아보면서

여러 가지를 만나면서 찾아보세요.
내가 무엇을 좋아하는지
나에게 햄버거 같은 것은 무엇인지.

그리고 시간이 지나 스스로 허기를 채울 수 있게 된다면
자연스럽게 타인의 시선에서 자유로워집니다.
또, 연애에서 상대에게 집착하지 않게 됩니다.
혼자 계속 상처받으면서 잘해주지 않게 됩니다.
혼자 있을 수 있게 됩니다.

과거의 후회와 미래의 걱정이 줄어듭니다.
왜냐 현재가 좋으니까요.
현재가 좋지 못한 사람은,

현재가 만족스럽지 못한 사람은
과거를 많이 후회하고
미래를 많이 걱정하거든요.

누구나 타인을 의식합니다.

그러나 이 글에서 말하는 건
지나치게 의식해 스스로 힘들어 하는 사람입니다.

나를 너무 자책하지 말고 미워하지 마세요.
누구보다 타인을 의식하기 싫은 나였지만
그동안 방법을 몰라서
계속 같은 생각을 반복하며 힘들어했을 수 있습니다.
나의 허기를 채워 나가서 만족할 수 있는 삶이 되기를
나를 위한 오늘을 살 수 있기를
앞으로 조금 더 마음이 편하고 행복할 수 있기를 희망합니다.

자존감이 낮으면

자존감이 낮으면 2가지 모습으로 행동합니다.

다른 사람에게 지나치게 기대거나
아무도 일정한 거리 이상 다가오지 못하게 혼자가 되거나.

다른 사람에게
내가 소중한 사람인지를 계속 확인하려고 합니다.

그래서 상대방이 자신이 생각하기에
조금이라도 소홀하거나
다른 사람을 더 챙긴다거나
자신이 원하는 마음 속 말을 해주지 않으면
금세 기분이 우울해지거나 화가 납니다.

그게 아니라면
차라리 상처받지 않게 아무도 일정한 거리 이상

다가오지 못하게 하고 혼자가 됩니다.

쉽게 상처 받기에 거리를 두는 것입니다.

그래서 대부분 지나치게 강해 보이거나
지나치게 의존적인 사람은 자존감이 낮은 사람 일 수 있습니다.

그런 사람에게 필요한 건
누군가가 그 사람의 이야기를 끝까지
잘 들어주는 것입니다.

그럼 그 사람은 그것만으로도 큰 힘이 납니다.

우리 좋은 것만 기억하고
안 좋은 건
최대한 빨리 잊어버리자
내 하루가 너무 아깝다

스스로가 가치 없다고 생각이 드는 날이 있다.

어느 방향으로 나아가야 할지 모를 때도 있다.

실패의 연속으로

내가 아무것도 아니라고 느껴질 때가 있다.

내가 지금 큰 문제라고 느껴질 때가 있다.

모든 것이 끝난 것 같고
어떻게 해야 할지 모를 때가 있다.

일단 당신은 고생했다.
당신은 고생 많았다.
참 고생 많았다.

그동안 많은 날을 숨죽이고 살아오느라.
마음 졸이며 잘하고 싶은 마음 하나만을 가지고
여기까지 살아오느라.

당신이 정말 힘든 건 너무나 지쳐서이다.
당신이 생각하는 것보다 훨씬 더 당신이 지쳐서이다.

그래서 이제는 그만하고 싶은 것일지 모른다.

그것은 잘못된 것이 아닐지 모른다.
누구나 힘들면 그만하고 싶으니깐.

스스로를 너무 작고 못나게 바라보지 말자.

그동안 얼마나 노력했는가.
그동안 얼마나 잘하고 싶었는가.

나는 못나거나 부족한 사람이 아니다.
여러 시간을 지나 푸른 잎을 피우는 나무처럼
아름답게 성장하는 중이다.
멋지게 이겨내 보자. 당신은 할 수 있다.

공부를 많이 하면 공부가 늘고
운동을 많이 하면 운동이 늘고
요리를 많이 하면 요리가 느는 것처럼
무언가를 하면 할수록 늘게 된다
그러니 걱정하지 마라
더 이상 걱정이 늘지 않게
걱정하지마라

사랑을 준다는 건

우리는 사랑하게 되면 많은 것을 주고 싶어 하는 동시에
높은 기대가 생겨
상대도 나에게 많은 관심과 사랑을 주길 바란다.

이때 많은 다툼이 일어난다.
내가 많은 것을 주지만 상대가 나에게 무관심하거나
나만 상대에게 더 많은 사랑을 주고 있다는 생각이 들 때
실망하게 되고 서운해진다.
사랑을 주고 싶고 받고 싶었을 뿐인데
어느새 상대를 미워하는 나를 발견하고

'나는 사랑 할 수 없는 사람인가' 라고 스스로 좌절 할 수 있다.

사랑을 주는 방법은

내가 그 사람에게 잘해주고 싶으면 잘해주지만

순전히 내가 좋아서 잘해주는 것이어야 한다.
그럼 된 것이다.
하지만 내가 잘해준다고 하여 그것이 사랑이라 보기 어렵다.

우리는 잘 모르는 사람한테도
얼마든지 친절하고 잘해줄 수 있기 때문이다.

사랑은 곁에 있어주는 것으로 이미 완성이다.
그 사람이 어떤 모습이든 내가 곁에 있어주는 것.
그것이 사랑이고 당장은 그 사람이 몰라줘도
시간이 흐른 뒤에 자신이 못나 보이는 날 부족한 모습인 날
어떤 모습이든 딱 한 사람 변치 않게
자신의 옆을 지켜주고 있는 사람이 보인다면
그 사람이 자신을 사랑한다는 걸 가슴 깊이 느끼게 된다.
진정 사랑 받는다고 느끼게 된다.

반대도 마찬가지로 상대방이 내가 어떤 모습이어도

비록 싸우기도 하고 다투기도 하고
아니면 내가 회사 일이 잘 안 되어도
내 곁에 있어 준다면 그 사람은 나를 많이 사랑하는 것이다.
사랑은 말로 표현하기도 하지만
가슴으로 느끼게 해주는 것이 아닐까.

그 사람의 시간이 흘러도
그 사람이 어떤 모습이어도
옆에 있어 주는 변치 않는 모습으로서.

그 사람이 내가 원하는 모습을 하는 것이
내가 원하는 모습의 사랑을 하는 것이 결코 사랑이 아니다.

사랑은 어떤 모습이어도 변치 않고 곁에 있어 주는 것.
지금 내가 그 사람에게 그렇게 하고 있다면
나는 그 사람을 사랑하는 것이고
그 사람이 내게 그렇게 한다면

그 사람은 나를 사랑하는 것이다.

그렇다고 하면 가장 큰 사랑은 이미 완성되어 있다.
가장 큰 사랑이 충족되었다고 가볍게 생각하고
자꾸 서로에게 무언가를 바라기보다는
이 사실을 더 자주 기억하고
고마워하고 서로가 알아준다면
서로 사랑을 주고받고 있는 이 시간에
서로에게 무언가를 더 바라는 마음과
서운함이 줄어들지 않을까 생각한다.

사랑을 줄 수 있는 사람이 되고
사랑 받을 수 있는 사람이 되길.

삶의 많은 순간들을
내가 바라보면 좋은 사랑의 순간들로 채워 갈 수 있길.

부끄러운 일

누군가가 나를 사랑해주길 바라면서
나는 나를 사랑하지 않았던 일.

항상 밝을 수 없는데
항상 밝지 못한 나를 문제라 생각하며 사는 일.

슬프거나 우울해도 되는데
억지로 행복한 척 하거나 슬프고 우울해도
무조건 행복해야 한다고 생각하여
슬프고 우울한 자신을 또 싫어하는 일.

네가 너를
너무 힘들게 하지 않았으면 좋겠어

우울한 기분이 들 때는
억지로 밝은 척하지 않고
조금 우울하게 지내도 괜찮아

좋은 관계는

자주 볼 수 없어도
서로를 걱정해주고 응원해주며
언제 봐도 좋은 관계입니다.

잘해줄수록

잘해주면 잘해줄수록
더욱더 잘해주는 사람이 있습니다.

참 고마운 사람입니다.

그렇지 않은 사람도 정말 많거든요.

그 사람 마음이 상처받지 않게
고마움을 당연하게 받아들이지 말고
나도 그 사람에게 잘해주면 잘해줄수록

그 사람은 오랫동안 내게
더 좋은 사람, 고마운 사람으로 남을 것입니다.

오래 함께 하고 싶은 사람

내 이야기를 잘 들어주는 사람.

약속을 잘 지키는 사람.

나에게 하는 말들을 조심하며
나를 배려한다는 게 느껴지는 사람.

나의 선택과 내 생각을 믿어주는 사람.

기대

연인에게 기대를 많이 내려놓고
나에게 집중해보세요.

기대를 내려놓고도 관계가 잘 지속된다면
충분히 나와 잘 맞는 사람입니다.

기대를 내려놓지 못하면
자꾸 원망이 생길 수 있고
기대 때문에 내 마음이 불안해집니다.
그리고 기대가 클수록 관계는 점점 안 좋아집니다.

미워하다 보면

미워하다 보면
미움받는 사람보다 미워하는 사람이
미워하는 크기만큼 훨씬 더 힘들어집니다.

그리고 내 삶에 내가 좋아했던 것들이
하나도 집중이 되지 않습니다.

그래서 점점
내 삶과 나를 잃어가게 될 수 있습니다.

그리고 잃어가는 만큼 시간이 지날수록
더 큰 화만 남게 됩니다.

누군가 밉다면
차라리 그냥 무시하세요.

그게 미운 사람을 대하는
가장 좋은 방법일 수 있습니다.

사랑이 끝나면

사랑을 다시 시작하면 된다.

3부

내가 좋아하는 게 가장 나다운 것

나에게 상처를 준 누구를 미워하다가도
결국 자신을 탓하고 자책합니다.

내가 상처받으면서도 사람들에게 계속 잘해줍니다.
왜냐면 좋은 시선을 받아야만
내가 괜찮은 사람이라 생각하기 때문에.

미래를 지나치게 걱정하게 됩니다.
내가 나를 믿지 못하기 때문에.

자존감이 낮을수록 하기 어려운 것

내가 좋아하는 것을 선택하는 것.

내가 싫어하는 것을 말하는 것.

내가 싫어하는 사람을 끊어내는 것.

사소한 말이어도 상처 되는 말을 무시하는 것.

감정조절을 하는 것.

다른 사람에게 많은 기대를 하지 않는 것.

자존감을 높이는 2가지 방법

자존감을 높이는 방법은
첫째, 내가 애쓰지 않고 편안하게 있어도
편안하게 있는 내 모습을 많이 좋아하는 사람을
자주 만나는 것입니다.

그럼 그 사람이 나에게 무얼 해줘서가 아니라
내가 특별한 노력을 해서가 아니라

그냥 그 만남 자체로
지금 모습을 좋아해 주는 사람이 있다는 걸 느끼고
나를 좋게 바라보게 됩니다.

그리고 다시 자존감이 낮아지는 일들이 삶에서 생길 수 있지만
그래도 그런 사람이 내 삶에 있다면
내 자존감을 지키는 데 큰 도움이 됩니다.

둘째, 내가 좋아하는 게 뭔지 알고
그 일을 하면 할수록 자존감은 높아집니다.
자존감은 내가 나를 좋아하는 감정입니다.

그래서 내가 좋아하는 게 없거나 뭔지 모르면
자존감은 낮아집니다.

내가 좋아하는 걸 찾는 방법 중
가만히 앉아서 좋아하는 게 뭘까 생각하는 건
제일 처음 시작의 방법이고
시간을 내서 많은 것을 경험해 봐야 압니다.
그러다 어떤 순간에 내가 좋아하는지 알게 됩니다.

좋아한다는 건 내가 그것만 하면 잡생각이 안 들고
집중이 되는 것입니다.

그런데 내가 좋아하는 걸 이렇게 찾지 않고

앉아서 생각하며 계속 노트에 적다 보면 이런 생각이 듭니다.
좋아하는 게 있는데도 별로 집중이 되지는 않아.

또는 내가 좋아하는 걸 아는데도 난 별로 행복하지 않아.
그건 내가 진짜 좋아하는 걸 모른다는 것입니다.

내가 앉아서 생각한 건
내가 그렇게까지는 좋아하는 게 아니라는 것이고
내가 진짜 좋아하는 걸 모르니깐
잘 모르겠는 것을
내가 제일 좋아한다고 착각하게 되는 것입니다.

그러다 보면
'나는 내가 좋아하는 걸 아는데도
찾기 위해 노력하고 생각해봤는데 행복해지지 않네.
나는 노력해도 안 돼. 우울해.
이제 어떻게 해야 할지 모르겠어.'

이렇게 우울해집니다.

그렇다고 하면 나는 아직 내 삶에서
내가 정말 좋아하는 걸 잘 모르는 단계입니다.

내가 좋아하는 걸 안다는 건
새로운 것을 많이 시도해 보는 것에 중점을 두는 것입니다.

그러다 보면 내가 그것만 하면 집중이 되고
잡생각이 안드는 게 있습니다.
그게 있다면, 그걸 찾게 되면 나의 자존감이 높아집니다.
내 삶에서 내가 엄청 좋아하는 게 있다면
나는 내 하루를 좋아하게 되고
내 하루를 좋아하다 보면 내 삶을 좋아하게 됩니다.

네가 제일 고마운 건

내 마음을 네가 제일 잘 알아주기 때문이야

작가가 될 수 있었던 이유

내가 작가가 될 수 있었던 이유는
적당한 시점에서 포기할 수 있었기 때문이다.

나는 10년간 태권도 선수 생활을 했지만 허리디스크에 걸렸다.
수술 후 완치가 되어 운동을 다시 할 수 있었지만
하지 않았다.

주위에선 끈기가 없다고 아깝지 않냐고 했다.

나는 6년간 의류 사업을 했고
마지막 사업은 그럭저럭 잘 되어
더 할 수 있었지만 포기하였다.

주위에선 끈기가 없다고,
한 가지 일을 끈기 있게 못 한다고 하였다.
나는 2년간 광고 공모전을 준비하면서

광고회사를 꿈 꿨지만 포기하였다.
대학교는 4학년 1학기까지 다니고 자퇴하였다.

주위에서 끈기가 없다고 아깝다고 하였다.
조금만 더 해보지 그랬냐고도 했다.

그리고 나는 작가가 되고 싶어 글을 썼고
베스트셀러 작가가 되었다.
그리고 작가의 직업을 곧잘 해 나갔다.

나를 작가의 길로 데려다준 건
하다가 하기 싫은 걸 포기할 수 있는 용기였다.
끈기 있는 사람이 되어야 한다고 해서
싫은 일을 평생 하고 싶지 않았다.

끈기 없는 사람이 되겠다. 차라리.
대신 내가 끈기 있게 하고 싶은 일을 끈기 있게 하겠다.

당신이 임용을 오래 준비하든
공무원을 오래 준비하든 무엇이든 오래 준비했는데
하기 싫어도 준비한 시간이 아까워서
아니면 끈기 없는 사람이 될까봐

아니면 자신을 못 믿어서
계속 그것을 준비하는 것이라고 하면
당신은 당신의 시간을 낭비하는 것일 수 있다.

당신이 어떤 순간에도 하기 싫은 것을 꼭 해야 될 이유는 없다.

그것만이 당신의 밥을 먹여주고
그것만이 할 수 있는 일이며
당신이 그걸 하기 위해 태어난 것이 절대 아니다.

그게 아니어도 당신이 할 수 있는 일은 분명 무궁무진하며
당신은 그게 아니어도 안정적으로 살 수 있으며

당신은 그게 아니어도 행복할 수 있으며
당신은 그게 아니어도 끈기있게 할 수 있는 게 너무 많다.

모르겠다면 모르는 것이지 없는 게 아니다.
없다고 하기에는 당신은 제대로 찾아본 적이 없을 수 있다.
분명한 사실은 하기 싫은 것을 포기하는 만큼
당신이 좋아하는 것을 할 수 있는 시간이 생긴다는 것이다.

만약 내가 어떤 이유에서 아직도 끈기있게
디스크 수술 후 태권도를 하고 있다면
만약 내가 어떤 이유에서 아직도 옷 장사를 하고 있다면
나는 지금도 너무나 우울하고 슬플 것이다.

(그 직업들이 안 좋다고 말하는 것이 아니라
내가 하고 싶은 것이 아니었기에)

그만둘 때쯤 너무 하기 싫었으니까.

만약 지금도 끈기 있는 사람이 되기 위해서나 아니면
한 게 아까워서와 같은 이유였으면
남은 인생을 계속 불행하게 살았을 것이다.

당신에게 중요한 건
당신이 무엇을 잘하느냐
무엇을 얼마큼 오래 했느냐가 아닐 것이다.
당신에게 맞는 것을 하고 있는가와
무엇을 계속하고 싶은가이다.
계속하게 되면 잘하게 된다.

당신이 인생에서
계속하기 싫은 걸 계속해야 할 이유는 없다.

나를 힘들게 하는 것을 놓아야 한다.

그걸 놓으면 안 된다고 생각이 들어
온갖 불안이 몰려오지만

그게 없으면 나는 살 수 없다고 생각이 들어
놓을 수 없다고 생각이 들지만 그래도 놓아야 한다.

그래야 나는
나에게 더 잘 어울리는 것을 찾기 위해
길을 떠날 수 있게 되고
그 전보다 더 나에게 어울리는 것을 찾게 된다.

1988년 7월 17일 내가 태어났다

나는 당연히 당시 어머니와 아버지의 표정이 기억나질 않는다.
다만 어머니의 이야기를 들으면 어머니와 아버지가
많이 우셨다고 한다.

첫째는 내가 너무 작게 태어난 게 미안하고
둘째는 내가 심장판막이라는 병을 가지고 태어나게 한 게
미안하다고 했다.

나는 2.7kg로 심장판막이라는 병을 가지고 세상에 태어났다.

어머니는 키가 크셨고
아버지는 키가 작으셨다.

아버지는 운동선수이셨는데 내가 병을 앓고 있는 걸 아시고
평생 해 온 운동을 그만두셨다고 한다.
왜냐면 당시에 운동을 해서는 돈을 많이 못 벌었기 때문이다.

원래 그만두려 했다고 하시지만
병원비를 마련했어야 했기 때문인 걸 안다.

나도 꿈이 있어봐서 안다.
누군가를 위해 꿈을 포기할 수는 있지만
그건 결코 아무렇지도 않은 일이 아니라는 걸.
어쩌면 평생에 남을 만큼 속상한 일이라는 걸.
아버지는 아마 티 내지 않고
그 눈물을 혼자 흘리셨을지 모른다.

아버지는 열심히 일하셔서 결국 병원비를 마련하셨다.
어머니는 형편상 계속 병원에 나를 입원시킬 수 없어서
여기저기 병원을 옮겨 다니시며
병원에서 1년간 나를 보살피셨다.

어머니와 아버지는 옷을 사 입지 않으셨다.
그리고 좋은 음식도 드시지 않으셨다.

그리고 나는 살아났다.
당시의 어머니와 아버지는 지금의 나보다 어리셨다고 한다.

살다 보면 내가 별로라고 느껴지는 날들이 많았다.
누군가와 비교하느라, 무언가 뒤처져서, 공부를 못 해서,
사랑이 실패해서, 실수를 많이 하는 사람이라서, 무엇이든.

그러나 나는 소중한 사람이라는 생각이 들었다.
내가 소중한 사람이니깐 부모님은 꿈도 포기하시고
젊은 시절을 포기하시고 나를 위해 쓰셨겠지.

당신이 오늘 어떤 잘못과 실수로
스스로가 별로라고 느껴진다면

어머니와 아버지께 당신의 태어나던 날 일기를
들려 달라고 하면 좋겠다.

그럼 당신의 부모님이 얼마나 기뻐했고
어린 당신을 따뜻하고 편안하게 해주기 위해
얼마나 많은 희생을 하셨는지 알 수 있을 것이다.

우리는 소중한 사람이다.
스스로가 그렇게 생각이 들지 않는 어느 날에도

누군가에게는 늘
당신은 소중한 사람이다.

생일

오늘은 당신이 세상에서 가장 행복한 사람이 되길 바라요.

사람들과 잘 못 어울리는 이유

너무 좋은 모습만 보여주려고 신경을 많이 쓰고
안 좋은 모습을 보여줄까 걱정을 많이 하여

사람들과 어울리는 게 힘들다고 스스로 생각합니다.

누군가 나에게 조금만 안 좋게 말해도
크게 기분이 나쁘거나 쉽게 상처 받습니다.
크게 기분이 나쁘거나 쉽게 상처받는 이유는
내가 좋은 모습만 보여주려는
마음이 지나치게 강해서 그렇습니다.

그동안 타인에게 맞춰주다가 나도 모르게 상처를 많이 받아서
더 이상 상처 받지 않기 위해 누군가가 가까이 다가오면
내가 피하고 거리를 두게 됩니다.

선택을 잘 못 하는 사람의 특징

자신에게 지나치게 엄격합니다.
그래서 자책을 굉장히 많이 합니다.

누군가의 잘못으로 자신이 힘들고 상처받아도
그 사람을 미워하다 결국 자신을 탓합니다.

자주 공허하고 외롭습니다.
공허하고 외롭지 않기 위해
타인이 자신에 대한 사랑과 관심을 주는 것이 끊이지 않도록
더욱더 타인을 위해 노력합니다.
배려합니다.
많이 참습니다.
그래서 속상한 걸 잘 말하지 못합니다.
그래서 참는 만큼 자주 상처 받게 됩니다.
힘든데 계속 참다 보면 사람은 마음이 불안해집니다.
힘든 상황이 싫어 피하고 싶은데

피할 수 없고 어쩔 수 없이 계속 마주하게 되고
힘든 걸 참고 그러면 마음이 불안해집니다.

마음이 불안해지면
사람은 행동이 지나치게 됩니다.
불안함을 없애기 위해
지나치게 행동함으로써 불안을 덮으려고 합니다.

지나치게 잘 웃거나
지나치게 밝거나 또는
지나치게 센 척하거나
지나치게 화를 잘 내거나
지나치게 사람들을 피하고 거리를 두거나
힘들어도 지나치게 아무렇지 않은 척하거나
지나치게 바쁘게 살거나
지나치게 예민하거나

중요한 건
편안한 상태가 아닌 불안한 상태이기에
불안함을 잊기 위해 타인의 시선과 관심을 받기 위해
또는 아예 회피하기 위해 지나치게 행동합니다.

지나침의 기준은 스스로 행동을 돌아봤을 때
'아, 그때 그렇게 말하지 말걸. 내가 너무 지나치게 했나….'
와 같은 만족스러움 보다 후회되는 행동을 말합니다.
선택을 잘 못하는 사람은
자신에 대한 사랑이 부족해서 그렇습니다.

사랑이 뭘까요?

사랑은 이런 것입니다.
제가 어릴 적 몸이 약하게 태어났는데
어머니가 하루에 오만 원을 버셨어요.
그런데 병원비로 십만 원을 쓰셨습니다.

그래도 어머니는 저를 좋아하셨어요.
완벽하지는 않지만 불완전한 저를 좋아해주셨어요.

불완전한 모습을 좋아하는 것이 사랑입니다.

내가 나에게 사랑이 없으면
자신에게 지나치게 엄격해지고
그래서 자책을 굉장히 많이 하게 되고
누군가의 잘못으로 자신이 힘들고 상처 받아도
그 사람을 미워하다 자신을 결국 탓하게 됩니다.

나를 사랑하지 않아서 나의 있는 그대로가 아닌
타인이 보기에 완벽하고 좋은 모습만을 만들려고 해서
그 모습이 되지 못할 때 스스로 너무 힘듭니다.

나를 사랑하게 돼서
나의 실수 앞에서 불완전한 나의 모습을

받아들일 수 있게 된다면
나는 지금보다 선택을 훨씬 잘할 수 있게 됩니다.

선택한 뒤에 선택의 결과가 좋지 못할 경우
불완전한 선택을 한 나를 받아들일 마음의 공간이 생겨
불완전한 나를 데리고 더 좋은 방향으로
다시 삶을 수정해나갈 수 있습니다.

그래서 나를 사랑해야 합니다. 꼭.

매 순간의 나를
실수했을 때 불완전한 나를
받아들이고 사랑할 수 있는 가장 좋은 말은

'아, 그럴 수도 있어.' 라고 말해주는 것입니다.
그리고 앞으로는 더 좋아질 수 있게 노력하면 됩니다.

나는 완벽할 수 없는 사람이며
지금 내 삶에 필요한 건 완벽한 내가 아니라
불완전한 나를 데리고 내가 사이좋게
잘 살아가는 것입니다.

그래야만 나는 불완전한 나를 데리고 행복할 수 있습니다.

지금 지쳤다면 나에게 필요한 건 사랑입니다.

내가 좋아하는 게 없다면

아이인데 어릴 때부터
어른처럼 행동하는 아이가 있습니다.
어른스럽게 행동하는 아이.
모습이 아이로서 있을 공간이 없고
빨리 어른이 돼야만 했던 환경이 커서 그렇습니다.

그런 아이는 어릴 때부터 문제가 생기면
늘 스스로 해결해 왔기에 커서 안정적인 것에 대해
굉장히 중요하게 생각합니다.
그래서 안정적이지 못할 때
자신이 자신의 기대치만큼 역할을 제대로 못 할 때
자신을 자책하는 강도가 굉장히 심해서 힘들어합니다.
그래서 불완전한 자신이 감당이 안 돼
애초에 안정적인 것만을 하려고 해서
자신이 정말 설레고 좋아하는 일이 삶에 없습니다.

하고 싶은 게 아무것도 없고 무기력해진 이유는

첫째, 내가 지쳤기 때문입니다.
싫은 걸 계속 참으며 노력해서 지쳤을 수도 있고
잘하고 싶은 마음이 계속 지속되다가 안 돼서
지쳤을 수도 있고
기대했던 일만 바라보며 살다가 잘 안돼서 지쳤을 수도 있으며
우려했던 일이 생겨버려 해결하기 위해 고민하다가
마음이 불안해져 도저히 해결할 힘이 없다는 걸 알고
지쳤을 수도 있습니다.

어쨌든 지쳐서라 생각합니다.

무기력에서 좋아지는 방법은 간단합니다.

만약 당신이 평생 무기력 했다면

그건 치료를 받아야 할지 모르지만
요즘 무기력하다면
충분히 쉬면 다시 힘을 찾게 됩니다.

그러나 정말 문제는 이것입니다.
당신이 당신을 사랑하지 않거나
당신에게 지나치게 엄격하다면

당신은 당신이 무기력한 모습이 너무 싫고 밉습니다.
그래서 쉬어야할 때 쉬면서도
자신의 무기력을 미워하느라 쉬지 못합니다.
계속 무기력할까 걱정하고 자신을 미워하느라
지친 상태에서 더 지쳐 갑니다.
그래서 시간이 지나도 힘들고
무기력에서 벗어나기 어렵습니다.

무기력 하다면 당신이 당신을 엄격하게 바라보지 말고

당장 힘을 내야 한다 생각하지 말고
지쳐 있는 나에게 숨을 고를 때까지 쉬게 해주세요.

그럼 나는 힘을 다시 찾게 되고
또다시 힘을 내서 살아갈 수 있습니다.

그동안 에너지를 다 쓰느라
많이 힘들었을 텐데
정말 고생하셨습니다.

버티지 않고 도망치는 당신

나를 힘들게 한 것에서
더 버티지 않고 도망치는 당신은 정말

대단한 용기를 낸 것이고
아주 멋진 선택을 한 것입니다.

아주 잘한 것입니다.
어려운 선택을 멋지게 해낸 것입니다.

당신을 위해 용기 낸 당신은
당신에게 가장 필요한 선택을 한 것입니다.

그 용기로 계속 살아가다 보면
결국 내가 좋아하는 것을 찾게 될 거예요.

오늘 밤, 아무 걱정하지 마세요.

시간이 지날수록 지금의 선택을 잘한 거라고 생각이
들 테니까요.

가자,

가장 나다운 모습으로 오늘 하루를 만나러가자

첫째, 본인이 변하고 싶어 하는 의지.
둘째, 변하기 위한 시간.
셋째, 변할 수 있다는 믿음.

이 중 한 개라도 가지고 있지 않으면

대부분 변화해야한다는 각오를
지속하지 못해 변하지 못하고
끝나는 경우가 많습니다.

생각이 많은 당신에게

불안하면 불안한 만큼 더 열심히 해보기.
실력이 생긴다면 자연스럽게 불안은 사라질 테니까.

포기할까 말까 하는 생각이 들면
정말 포기하고 싶다는 마음이 들 때까지 해보기.
정말 포기하고 싶었다면
지금 당장 그만두어야겠다는 생각이 들었을 테니까.

자존감이 낮아졌다면
당분간 SNS 보는 걸 줄이고
내가 좋아하는 것을 하며 시간을 보내보기.
SNS는 사람들이 자신의 있는 그대로의 모습이 아닌
자신이 잘 사는 것, 좋은 것만 골라서 올리기에
스스로 작아져 보이는 날이라면
비교돼서 마음이 더 힘들 수 있을 테니까.

생각이 많으면
시간이 많아도 쉴 수가 없다.

생각을 정리하는 방법

생각을 계속하다 보면 더 복잡해지고
어떻게 정리해야 할지 모를 때가 있습니다.

이게 맞는 것인지 저렇게 하는 게 맞는 것인지.

생각을 정리하기 위해 열심히 계속 생각하다 보면
더 힘들어지는데
이때 우리는 이런 내 모습이 싫어지고
시간이 지날수록 지금 내 인생이 싫어집니다.

아무리 정리하려고 노력해도
정리가 되지 않고 더 힘들어지는 것 같을 때

또 생각의 깊이에 따라 미래까지
답답하고 어둡게만 느껴집니다.

이럴 때 가장 좋은 방법은 생각을 쉬는 것입니다.

생각을 정리하려고 할 때
잘 되지 않는다면 가장 좋은 방법은
더 열심히 생각을 정리하는 것이 아니라
그 생각을 충분히 쉬는 것입니다.

왜냐면 쉬었다고 생각해도 되기 때문입니다.

쉬었다가 다시 할 수 있는 만큼만 또 생각하고
잘 모르겠으면 쉬면 됩니다.

그렇게 우리는 인생의 답을 찾아가도 되는 것입니다.

지금 당장 답을 찾기 위해 답을 찾기 힘든 생각을
계속 생각하는 건
더 큰 문제를 만드는 것일 수 있습니다.

답을 알 수 없는 문제를 생각하느라
지금의 시간을 모두 잃어버려서
지금 할 수 있는 게
아무것도 없는 사람이 되어 버립니다.
웃음도, 행복도, 여행도 모두 재미없고
맛있는 음식을 먹어도 우울합니다.

지금 한번
나를 너무 힘들게 하는
그 생각의 정답을 찾으려 하지 말고 생각을 쉬어보세요.

그러고 나서 또 내가 할 수 있는 만큼만 생각하고
또 쉬어도 됩니다.
그렇게 인생을 나아간다면
적어도 현재의 시간을 의미 없이
잃어버리는 것을 막을 수 있습니다.

애초에 정해진 정답은 없습니다.
나에게 맞는 정답을 찾아 나가는 것입니다.

내가 그려나가고 만들어 나가는 것입니다.
불완전하고 미숙하고 실수도 하겠지만
그 속에서 우린 행복해야 합니다.
해결해야 할 복잡한 생각이 없고 아무 문제도 없고
아무 걱정이 없는 그런 순간의 행복은 거의 없기 때문입니다.

나를 괴롭히는 생각이 있겠지만
한 번에 해결하려 하지 말고 생각할 수 있는 만큼만 하고
지금의 행복에 집중하고 또 할 수 있는 만큼만 하고
그렇게 내 인생의 내가 바라는 정답을 찾아나가도 됩니다.

마음을 조금만 내려놓으세요.
나를 너무 힘들게 눌렀던 무거운 마음을.

오늘 하루는 생각을 쉬면서
맛있는 것도 먹고 어제보다 가볍게
하루를 보내보는 건 어떨까요.

혼자 오랫동안 울었을 나를 오늘은 내가 달래줘야겠다.

말리지 말아주세요

제발 자신의 꿈을 찾고
좇고 싶어 하는 사람들을 말리지 말아주세요.

세상이 많이 바뀌었습니다.

요즘은 자신이 무엇을 좋아하는지 알고
그걸 잘하면 직업에 상관없이
처음부터는 아니겠지만
나중에 여유 있게 안정적으로 살아갈 수 있습니다.
물론 아주 큰돈을 벌 수도 있습니다.

남들이 보기에 좋은 것을 더 높게 보기보다
개인의 특색을 더 높게 바라봐 주는 세상이 되었습니다.

처음에는 아주 가난하고 힘들지 모릅니다.
그러나 그 모습이 결과인 것처럼

그 사람의 꿈을 좌절시키면 안됩니다.

나중에는 그 길에서 당신이 생각하는 것보다
훨씬 더 여유 있고 행복하게 살아갈지 모릅니다.

왜냐면 세상이 아무리 변해도 변하지 않는 사실은
그리고 앞으로도 변하지 않을 사실은
사람은 자신이 하고 싶은 걸 할 때 행복하고
자신이 하고 싶은 걸 할 때 더 열심히 할 수 있으며
열심히 하는 만큼 잘하게 된다는 것입니다.

그러니 당신이 만들어 놓은 현실이 답인 것 마냥
추천하고 그것이 그 사람을 위하는 것이며
그것이 그 사람의 행복인 것 마냥 말하는 것은
그냥 당신의 욕심입니다.

그 사람이 자유롭게 날 수 있게

스스로 나는 연습을 할 수 있게
곁에서 응원하고 내버려 두어야 합니다.

그건 방관이 아니라
사랑으로 할 수 있는 최고의 믿음입니다.

좋아하는 꿈을 찾고 있는 사람
꿈을 좇고 있는 사람은 당신이 생각하는 것처럼
현실을 모르는 사람이 아닙니다.

당신만큼 현실을 잘 알고 있습니다.
그리고 그 현실을 살아보고 알게 된 것입니다

'더 이상 이렇게 살고 싶지는 않아'
'앞으로도 이렇게 살고 싶지는 않아'

현실을 당신만큼 몰라서 꿈을 좇거나 찾는 게 아니라

현실을 잘 알기에 더 자신에게 어울리는 삶을 만들고 싶어서
당신과 다르게 용기 내는 것입니다.

지금 잘하는 것 안정적인 것이
앞으로도 잘하고 안정적인 거라고 생각하는 건 오산입니다.

앞으로는 아무도 모릅니다.
안정적인 일이 너무 싫어하는 일이라
나중에 돈은 안정적일지라도
마음은 불안정의 최대치일 수 있습니다.

그런데 당신이 말하는 현실은 그냥 당장의 돈뿐이잖아요.
그게 안정적이라고 말하는 거잖아요.

그건 진짜 안정이 아닙니다.

불안정한 삶 속에서 자신의 마음을 지킬 수 있냐가

진정한 안정일지 모릅니다.

우리는 자신의 마음을 지키기 위해서
자신이 좋아하는 것을 지켜내야 합니다.

싫어하는 것을 계속하면
싫어하는 정도가 줄어드는 건 사실입니다.
익숙해지거든요. 다만 점점 공허해질 뿐이죠.

왜냐면 그건 만족감을 주지는 못하기 때문입니다.

우리가 삶이 안정적이라고 판단할 수 있는 건
내 마음이 편안한가입니다.

꿈을 좇아도 돈이 없으면 마음이 불안정할 수 있겠지요.

그러나 그래도 그 사람이 꿈을 찾거나 좇는다면

지금은 돈의 안정보다 마음의 안정을 쫓는 것입니다.

당신이 할 일은 그 사람이 마음의 안정된 일을 열심히 쫓아서
결국 돈의 안정까지 만들 수 있기를 응원하는 것입니다.

정 아니다 싶으면 당신이 말하지 않아도
스스로 돌아서 돈의 안정을 쫓으며
거기서 마음의 안정도 느낄 것입니다.

현실을 말하지 마세요.
당신만 꿈을 쫓지 마시고
꿈을 찾고 싶고 쫓고 싶어 하는
사람들의 마음은 내버려 두세요.

새로운 시간이 올 거라고

상담을 할 때 가장 많이 하는 말이 있습니다.

지금 제가 어떤 말을 하든
사실 그건 크게 중요하지 않다고.

왜냐면 제가 어떤 말을 하든 상관없이
당신은 지금 마주한 문제를
잘 이겨나갈 수 있을 거라고.

지금은 비록 어떻게 해야 할지 알 수 없어서 깜깜하지만
애쓰지 않아도 어둠이 지나가고 아침이 오듯

자연스럽게 지금의 어려운 문제들이
당신을 지나갈 거라고.
그리고 밝은 순간이 찾아올 거라고.

너무 걱정하지 말라고.
다만 지금 너무 힘든 건
지금 이 순간이 계속 될 것 같고

'잘 하고 있는 게 맞나' 라는 의심이 커서
마음이 불안하고 힘든 거라고.

당신이 잘하든 못하든 애쓰지 않아도
이 순간은 분명히 어떻게든 지나가고
새로운 좋은 순간이 올 거라고.

믿어도 된다고.

희망을 가져도 된다고.

그렇게 믿어도 된다고.

다 지나가고
다시 좋을 수 있는 새로운 시간이 올 거라고.

말의 의도

상대방이 아무 생각 없이 한 말에
하루 종일 기분이 좋지 않을 수도 있고

상대방은 기분 나쁜 의도로 말한 게 아니고
평소처럼 말을 한 거지만
내가 평소처럼 이해하고 넘어갈 만큼 마음의 여유가 없어서
기분이 상해 기분 나쁜 어투로 말해
상대방에게 상처를 줄 수도 있다.

또, 내가 자존감이 낮아졌다면
나에 대한 작은 얘기도 크게 들리게 되고
내가 남과 나를 비교하게 되는데

상대방이 나에 대해 말하는 것을
내가 타인과 나를 비교했다고 생각하거나
나에 대해 안 좋게 얘기한다고 생각하여

부정적으로 받아들이게 될 수도 있다.

그럼 대화할수록 두 사람 모두 지치게 된다.

부정적으로 받아들이는 사람도
그런 의도가 아니었던 사람도.

말하는 사람은 상대가 왜 기분 나쁜지 모르고
기분 나쁜 사람은
상대가 왜 이렇게 말했는지 이해가 안가는 상황이 반복 된다.

그럼 그 이해가 안 가는 부분을 대화해야 하는데
그 부분은 대화하지 않고
기분이 나빠지는 순간
기분 나쁜 말투로 상대에게 말하게 되고

두 사람은 결국 크게 싸우게 된다.

싸우면서 감정적으로 변해
부정적인 말을 계속 내뱉거나
상대의 과거 잘못을 들추는 말을 하거나

상대가 기분 나쁠 만한 것을 골라 말하며
서로 상처주고 싸우게 된다.

그래서 우리는 말의 의도를 오해 없이 잘 주고받아야 한다.
좋았던 관계가 한순간에 깨지게 될 수 있기에.

말하는 사람은 어떤 말이든 최대한
상대가 기분 나쁘지 않게 표현하고 말하며

말을 듣는 사람은 부정적으로 받아들이지 않기 위해
이해하고 노력해야 한다.
부정적인 말에 무조건 화를 내기보다는
그 의도를 꼭 확인하고 물어볼 필요가 있을 것이다.

그러나 두 사람의 이런 노력이 없다면
서로 좋은 점이 아무리 잘 맞아도
대화가 되지 않고 자주 싸우며 만남이 멀어질지 모른다.

사람은 누구나 자신한테 잘해주는 사람에게
잘해주고 싶다.

대개 나에게 잘해주는 사람에게 더 잘해주고 싶어진다.

그런데 그 잘해줌을 느끼게 하는 건 예쁜 말이다.

상대가 나에게 예쁘게 말하면
나도 상대에게 예쁘게 말해주고 싶다는 생각이 든다.

그러나 상대가 나에게 말을 함부로 하면
나만 참으면서 말을 예쁘게 상냥하게 하기는 어렵다.

나만 손해 보는 느낌이 든다.

그래서 누구와 함께하느냐도 중요하다.

말을 예쁘게 하고 싶은 사람이
자신에게 말을 함부로 하는 사람 곁에 있으면
예쁜 말을 할 수가 없기에 스트레스를 받는다.

그러나 말을 예쁘게 하고 싶은 사람이
말을 예쁘게 하는 사람들 곁에 있으면
말을 예쁘게 할수록 관계가 더 좋아진다는 걸 느껴서
말을 더 예쁘게 하게 된다.

그래서 예쁜 말을 하는 것도 중요하지만
누구와 함께하는가도 중요하며
부정적인 의도 없이 말하고
부정적으로 들렸다면 그 의도를 파악하는 게 중요하다.

물론 사람과 사람 사이의 대화에서
아무 오해가 없을 수는 없지만
위의 노력은 적어도
말로 인해 상대방에게 주는 상처와
받는 상처를 줄이게 도와준다.

당신은 오늘 어떤 말을 많이 썼는가?
힘들다고 주위 사람들에게 얼마나 많이 짜증냈는가?

당신의 말이 당신의 모습이 된다.

집착

놓아야 할 걸 놓지 못하고 집착하는 이유는
마음이 굉장히 불안한 상태여서 그렇습니다.

그래서 집착하는 것을 놓으면 집중할 게 사라져서
더 큰 불안한 마음이 찾아옵니다.
그래서 더 집착하게 됩니다.

그래서 머리로는 생각을 놓아야 하는 걸 아는데
놓지 못하고 계속 잡고 있게 됩니다.
생각을 안 하면 불안하니까요.

혼자서 잘 있을 수 있는 사람은
집착하는 생각을 놓아도 잘 있을 수 있는데
혼자서 잘 있을 수 없는 사람은
집착하는 그 생각을 놓지 못합니다.

지금은 혼자 있는 연습을 할 때입니다.

어떻게 살까

하나의 계절이 오면
하나의 좋아하는 일을 시작해봐요.

너무 많이 고민하지 마세요.
그냥 한 번 뿐인 내 인생
내가 좋아하는 거 많이 하면서 살아봐요.

힘든 순간이 더 빨리 지나가기를
즐거운 순간이 더 오래 남기를

그렇게 하루가 채워지고
하루의 이야기를 나눌 사람이 자주 곁에 있기를

혼자 있을 때 부정적인 생각이 들지 않기를
현재에 놓인 것에 집중 할 수 있기를
그래서 자주 마음이 편안해지기를

이 책을 덮고 나서
힘든 일들도 또 분명 만나겠지만
나만의 방식으로
결국 하나씩 잘 헤쳐 나갈 수 있기를

당신의 인생이 지금보다 조금 덜 힘들고
덜 슬프기를
그리고 더 많이 웃을 수 있게 되기를

지쳤거나 좋아하는 게 없거나

1판 8쇄 인쇄 2024년 2월 15일
1판 1쇄 발행 2021년 11월 17일

지은이 글배우
펴낸이 김동혁
펴낸곳 강한별 출판사
책임편집 이우림
기획팀 서가인
일러스트 윤예지
디자인 방하림/프렐류드 스튜디오 정다은
출판등록 2019년 8월 19일 제406-2019-000089호
주소 경기도 파주시 탄현면 헤이리마을길21-7 3층
이메일 wjddud0987@naver.com
대표전화 010-7566-1768

ⓒ 글배우, 2021
ISBN 979-11-974725-5-8 03810